rowohlt
PAPERBACK

«Ich habe versucht, diese mythische Höhe – inklusive der schwierigen Rezeption – herabzusetzen und die Nibelungen wirklich ganz für mich selbst zu entdecken, so als hätte ich das auf Pergament geschriebene Lied von 1200 zufällig in einer Bibliothek gefunden.» (Moritz Rinke)

MORITZ RINKE

DIE NIBELUNGEN

Mit einem Nachwort von Peter von Becker

Rowohlt Taschenbuch Verlag

Originalausgabe

Veröffentlicht im Rowohlt Taschenbuch Verlag GmbH,
Reinbek bei Hamburg, August 2002

Aufführungsrechte: Rowohlt Theater Verlag,
Hamburger Straße 17, 21465 Reinbek bei Hamburg
Umschlaggestaltung Cordula Schmidt / Notburga Stelzer
(Foto: Archiv für Kunst und Geschichte, Berlin)
Autorenfoto Copyright © Birgit Kleber
Satz aus der Minion PostScript, QuarkXPress 4.1
Druck und Bindung Clausen & Bosse, Leck
Printed in Germany
ISBN 3 499 23202 2

Die Schreibweise entspricht den Regeln der neuen
Rechtschreibung.

INHALT

3

Für
Roséle Corinth und Hadfried Rinke

PERSONAL

Kriemhild
Die Mutter Ute
Gunther
Gernot
Giselher
Hagen
Ortwin von Metz
Hunold
Sindold
Der Burgwächter
Hans, der Bote
Siegfried
Brünhild
Rüdiger von Bechelaren
Seine stumme Tochter Dietlinde
Etzel
Dietrich von Bern
Kriemhilds Sohn Gunther
Brünhilds Sohn Siegfried
Kriemhilds zweiter Sohn Ortliep
Burgunderinnen und Burgunder
Kriemhilds Bewerber
Siegfrieds Leute
Hunnen

1. AKT

1. SZENE

Ein Feuerkreis. Darin eine schlafende Frau auf blauem Tuch. Von außen nähert sich ein Mann. Bleibt vor den Flammen stehen und schaut. Dann tritt er in den Kreis. Er küsst die Frau und geht.

Die Frau: *(sich erhebend)* Wohin?
Der Mann: An den Rhein. Zu den Deutschen.
Die Frau: Du willst gar nicht um mich werben?
Der Mann: Nein. Ich wollte nur mal sehen. Leben Sie wohl. Ich muss jetzt weiter durch die Welt. *(Geht)*

Brünhild schaut Siegfried durch die Flammen nach, bis er verschwunden ist.

2. SZENE

Auf dem Platz vor der Burg in Worms. Auf der linken Seite drei Throne. Auf dem größten in der Mitte sitzt Gunther; rechts und links des Königs auf kleineren Thronen: Gernot und Giselher, dahinter Ortwin von Metz, Sindold und Hunold. Gegenüber, auf der rechten Seite des Platzes, eine Art kemenatischer Bett-Thron, darauf sitzend: Kriemhild. Am Rande, auf einer Stufe zum Bett-Thron, die Mutter Ute. An der Seite stehend: Hagen von Tronje. Oben, in einem Burgfenster, zwei Jungen.

Kriemhilds Sohn: Uns ist in alten maeren wunders vil geseit / von helden lobebaeren, von grozer arebeit, / von freuden, hochgeziten, von weinen und von klagen, / von küener recken striten, murget ir nu wunder …

Brünhilds Sohn: Im Land der Burgunden wuchs nämlich ein Mädchen heran, das war so schön, dass in keinem Land der Welt ein schöneres hätte sein können.

Kriemhilds Sohn: Kriemhild! Der minneclichen meide triuten wol gezam. / Ir mueten küene recken, niemen was ir gram.

Brünhilds Sohn: Das Mädchen verdiente es, von allen geliebt zu werden. Du?

Kriemhilds Sohn: Jo.

Brünhilds Sohn: Sag mal: «Eine schöne Frau!»

Kriemhilds Sohn: Ein schone wip!

Brünhilds Sohn: Mein Freund spricht noch die alte Sprache. Man sprach sie lang in Worms am Rheine, doch sprechen müssen wir jetzt anders. – Guck mal dort, das sind alles Kriemhilds Brüder! Drei mächtige Könige. Gunther, der älteste, sitzt ruhmreich in der Mitte. Daneben, das sind Gernot und Giselher, sehr große Helden. Dahinter, das sind tapf're Ritter. Ortwin von Metz, der Hofmeister, Hunold, der Gewandmeister, und Sindold, der Mundschenk.

Kriemhilds Sohn: Swa sint wir do nu?

Brünhilds Sohn: Er fragt, wo wir da sind, aber wir sind noch gar nicht geboren. Verstanden? Schau nun dort!

Kriemhilds Sohn: Daz was von Tronege Hagene!

Brünhilds Sohn: Richtig. Das ist Hagen von Tronje! Sehr berühmt!

Kriemhilds Sohn: Und daz!

Brünhilds Sohn: Das sind alles die Bewerber, sie werben um die Gunst von Kriemhild. Ich habe doch erzählt: Unbeschreiblich schön, so schön ist Kriemhild. Recht schön auch die Bewerber. Sieh! Der König schickt ausgewählte Männer!

Kriemhilds Sohn: Küener recken striten!

Brünhilds Sohn: Mein Freund meint, tapfere kämpfende Recken.

Ritter in aufwendiger Aufmachung passieren den Thron von Gunther. Er weist der Hälfte der Bewerber kopfnickend den Weg zu Kriemhild.

Brünhilds Sohn: Sieh! Sie kommen zur Tür herein, und ich wette, gleich sind sie wieder draußen. Du, wenn das so weitergeht, werden wir nie geboren. Hör mal! Hörst du sie sprechen? Sie spricht.

Kriemhild: Nie im Leben! Der sieht ja aus wie ein Stoffzelt! Mutter, ich will keinen viereckigen Mann!

Die Mutter Ute: Nun guck doch erst mal hin! In Franken trägt man derzeit solche Kleider!

Kriemhild: Mutter, ich habe nicht gut geschlafen! Ich bin müde!

Die Mutter Ute: *(spricht den Bewerber an)* Guten Tag. Dies ist meine wunderbare Tochter. Wie viel Mann haben Sie denn im Gefolge?

Kriemhild: Mutter, mir träumte schlecht. Mutter, ich ziehe einen Falken auf, einen prächtigen Falken mit großen Flügeln. Ich stelle ihn in einem Käfig aus Gold in die Sonne. So weit klar? Jetzt öffne ich die Tür, setze mich davor und singe ein Lied. Mutter, Sie wissen doch, welches Lied? *(Singt ein Lied)*

Die Mutter Ute: Hören Sie, wie sie singt? – Musik! – Ein schöner Traum, mein Kind.

Kriemhild: Jetzt stürzen sich plötzlich zwei Adler vom Himmel! Sie werfen sich auf den Käfig! Sie reißen durch die geöffnete Tür den Falken! Sie brechen seine Flügel! Hagen, den will ich nicht, den will ich nicht!

Hagen führt den fränkischen Bewerber ab.

Die Mutter Ute: Da geht er hin. Im besten Samt! Hast du das Schuhwerk geseh'n?

Kriemhild: Mutter, Entschuldigung, die haben meinen Falken zerhackt!

Die Mutter Ute: Mein Kind, den Falken, den du aufziehst, das ist ein großer, schöner Mann.

Kriemhild: Klar! Ich will aber keinen Mann! Den Käfig mit einem Lied zu öffnen und dann das Herz so bluten seh'n? *(Singt. Tränen laufen über ihr Gesicht)*

Die Mutter Ute: Kriemhild, liebes Kind. Du darfst das Herz nicht ein Leben lang verschlossen halten, nur weil du Angst hast, es könnte getroffen werden. Glaubst du denn, ohne Dankrat säßen wir hier? Dieser Kuss, mein Kind! *(Küsst sie)* – ihm ging der seine voraus.

Kriemhild: Vater ist tot, und Sie sind unglücklich! *(Singt)*

Die Mutter Ute: Widersprich nicht immer! Und sing nicht, wenn ich mit dir rede! Ich war glücklich, ja! Und die Erinnerung macht mich noch heute glücklich. Sieh diesen trefflichen Ritter! *(Spricht einen neuen Bewerber an)* Guten Tag. Dies ist meine wunderbare Tochter! Wie viel Männer haben Sie denn im Gefolge?

Der Bewerber: Hohe Damen, fünfhundert Recken tapferen Schlages, gehüllt in bayerischem Samt und Juwelen als Gabe. Dort vor dem Tor. *(Kniet)*

Die Mutter Ute: Alle in bayerischem Samt?

Kriemhild: Danke, das genügt. Was soll ich mit fünfhundert Recken in bayerischem Samt? Tschüs.

Hagen weist den bayerischen Bewerber ab.

Die Mutter Ute: Du guckst zu schnell! Hagen, führt ihn zurück!

Hagen führt den Bewerber wieder zurück.

Die Mutter Ute: Es gibt Männer, da kommt der Charakter nicht sofort zum Vorschein. Klugheit, Güte, sie liegen in der Tiefe und kommen, wenn du sie brauchst. Er hat einen interessanten Blick!

Kriemhild: Mutter, mir geht es gut. Ich brauche nicht die Tiefe dieser Männer, danke. Hagen! Sagt ihm, er ist ein interessanter Mann mit wirklich gutem Samt. Ich kann mich nur nicht mit ihm verbinden.

Gernot: *(ruft über den Platz)* Hagen! Soll'n wir hier noch weitermachen? Die Römer sagen: Quousque tandem? Wie lange noch? Wie lange noch?

Hagen: Haltet ein! Es hat nicht den geringsten Sinn. An ihrem Stolz, da würde heut die Welt zerbrechen.

Gernot: Das wär nicht gut, und ich sag dir, Hagen, auch wenn sie meine Schwester ist: Dies Elend da von Männern, bleich und abgewiesen, die jetzt nach Hause geh'n und aus lauter Trübsinn ihr Reich und das Regier'n vergessen, das muss ein Ende haben! Wir sind seit Wochen voll beschäftigt!

Giselher: Ich kann mich nicht jeden Tag mit der Auswahl von Gatten befassen! Ich bin Ritter! Die Sachsen sind, wenn sie so weiterreiten, in sieben Wochen hier! Und was ist mit den Dänen? Verhandeln wir oder schlägt Burgund zurück? *(Nimmt sich einen Bewerber. Läuft mit ihm hinüber zu Kriemhild)* Hier! Schwester! Guck dir den an! Der hat Diamanten auf dem Saum! Weißt du, was das für Brustriemen sind? – Schwester, liebe, bitte! Wir kommen nicht weiter! Sieh doch mal hin: Pöchlarner Hochadel!

Kriemhild: Giselher, ich will nicht! Ich will nicht! Klar?

Giselher läuft mit dem Pöchlarner Bewerber zurück.

Gernot: *(zeigt auf die abgewiesenen Ritter)* Und was, wenn die am Ende auch noch als Feinde alle wiederkehr'n? Eingesammelt von den Sachsen und erneut in unser Land geführt?

Gunther: Wo denkst du hin? Es wird die Welt doch nicht ins Schlachtfeld zieh'n, weil Frauen Frauen sind und stolz, wenn sie so schön sind?

Hagen: Schlechte Politik, mein König.

Gunther: Warum, Hagen?

Hagen: Ich seh schon den Argwohn in diesen Männern wachsen. Da muss nur einer kommen und sagen: Leute, es wär mal wieder Zeit für einen Krieg! Macht ihr mit, und wenn ja: Sagt uns, gegen wen? Und wird man da nicht sagen: Stolze Burgunder? Vielleicht zu stolz, mein Fürst. Ich schlage vor: Wir enden mit dem Werben.

Gernot: Ich finde, Hagen hat Recht. Die Schönheit einer Frau muss Nutzen tragen. Der Römer sagt: Cui bono? Wem zum Nutzen? Nicht Feinde dürfen diesen Hof verlassen, sondern Freunde!

Giselher: Ja, aber die Dänen und Sachsen, die sind schon unterwegs! Denkt denn der ganze Hof nur noch an Höflichkeiten? Habt ihr die Welt vergessen?! Was wird aus Burgund? Der Krieg ist in sieben Wochen hier!

Gunther: – Gut. Ich handle! *(Läuft über den Platz)* Liebe Schwester.

Kriemhild: Seit Wochen führt Ihr mir diese Gestalten vor! *(Läuft in die Mitte des Platzes)* Fragt hier mal jemand, wie's mir geht? – *(Läuft zu Gernot)* Komm, frag jetzt mal: «Kriemhild, Schwester, wie geht es dir eigentlich?» Und dann sag ich: «Ach, Bruder, ich kann schon etwas länger nicht mehr atmen. Ich kriege nämlich keine Luft in diesem Land, verstehst du mich? Wir führen ein total sinnloses Leben.» – *(Blickt umher)* Wie ihr hier redet! Schaut euch mal an! – Da! *(Läuft an den Hofleuten und Bewerbern vorbei)* Mein Herr, Sie sehen aus wie eine kalte Säule. Entschuldigung, aber soll ich so leben? Muss ich denn so leben? So viel Eisen brauchen wir doch gar nicht. *(Läuft weiter)* Grüß Gott, Ihr Samt, mein Herr, ist wirklich sehr beeindruckend, aber leider bräuchten wir hier auch mal ein paar Ideen! – Guten Tag, vielleicht machen wir heute einfach mal was Neues? – Hallo?! Nun steht doch nicht alle so steif in der Gegend herum! Das ist hier ja eine trostlose Veranstaltung! – *(Läuft zu Giselher)* Giselher, sag mir, dass wir etwas Großes finden! Lass uns endlich ein Buch schreiben! Wir werden eine neue Staatsform gründen! Satz eins: Menschen, die sich lieben, müssen ein Werk erschaffen oder jeder drei Leute retten! Oder so ähnlich. – König, ich muss jetzt dieses Flugblatt hier verteilen. *(Holt Flugblätter aus ihrem Kleid und wirft sie den Burgundern zu)* Nach Jahren dieser Regierung steht ihr, Burgunder, da: wohlgenährt, aber kenntnislos, begünstigt, aber mit falscher Christlichkeit die Unterdrückung anderer Länder billigend. Lesen und weitergeben! Danke. *(Verbeugt sich vor Gunther)* Ansonsten möchte ich da oben in dem Turm leben. *(Läuft zur Mutter)* Von dort werde ich hinabblicken auf dieses öde Land.

Die Mutter Ute: *(schlägt sie)* Du gehst jetzt in die Messe! Neue Staatsform!

Kriemhild ab.

Gunther: Sie hat schlecht geschlafen. Wir enden! Ortwin, bettet diese Männer! Sindold, schenkt ein! Lasst es an nichts fehlen.

Gefolge ab.

Die Mutter Ute: Ich hörte Krieg?

Gunther: Vierzigtausend Dänen und Sachsen reiten gegen Burgunden.

Die Mutter Ute: Wie bitte? – Vierzigtausend. Gegen Burgunden? *(Erbleicht)* Warum?

Gunther: Ich weiß nicht, Mutter.

Die Mutter Ute: Die werden doch wohl einen Boten gesendet haben?

Gunther: Ja, den sandten sie, sogar zwei. Einen Sachsen und einen Dänen.

Die Mutter Ute: – Und? Was haben sie gesagt? Jetzt rede endlich! Sachsen und Dänen sind doch gar nicht verbündet!

Gunther: Erst seit neustem. Sie wollen nun gemeinsam eine Heerfahrt unternehmen nach Worms und so manchen Schild und Helm zerschlagen. Warum, haben sie nicht berichtet.

Die Mutter Ute: Mein Gott, die wollen hier leben! Vaters Burgund mit Wikingern? Mit Wikingern und Sachsen?! Wann sind die hier?

Gunther: Zügig reitend in sieben Wochen.

Die Mutter Ute: In sieben Wochen. Und das sagt er jetzt! *(Rennt auf und ab)* Mit wem können wir uns verbünden? Habt ihr Pläne? Was ist mit den Franken? Hagen?!

Ein dumpfes Dröhnen. Es scheint, als nahen aus der Ferne Reiter.

Hagen: Königin, wie soll ich die in sieben Wochen sammeln? Mein Bote braucht schon nach Paris fünf bis sieben Wochen, je nach Wetter. Zehntausend Mann, die hab ich, das muss reichen.

Die Mutter Ute: Die Bewerber! Alle zusammen, macht wie viel mit Gefolge? Pöchlarn? Bayern? Lochheim?

Hagen: Königin, die wurden gerade alle abgewiesen. Ich muss froh sein, wenn sie nicht auf die andre Seite wechseln.

Die Mutter Ute: Wer siegreich kämpft, bekommt sie, meine Tochter! Sagt das ihnen!

Hagen: Königin, die sind auf Brautzug. Ich kann sie nicht in Samt und Seide gegen die Sachsen hetzen.

Das Dröhnen wird lauter.

Giselher: Wir werden selber kämpfen, Mutter!
Gernot: Richtig! Quos ego! Mit diesem Ruf drohte Neptun den Winden.
Giselher: Hör doch mal auf mit Neptun. Was ist denn das für ein Krach hier?!
Gunther: Hagen, nehmen wir Deckung in der Burg?

Das Dröhnen wird lauter und lauter.

Giselher: Brüder, spürt ihr das?
Gernot: Die Erde wackelt!
Giselher: Hagen, mein Gott, sieh, der Boden bebt!
Gunther: Was soll das bedeuten, der Boden wackelt?
Hagen: Ich weiß nicht, König! Da kommt was auf uns zu!
Die Mutter Ute: Die sind schon hier! Verflucht! Wo ist Kriemhild? Meine Tochter! *(Flieht)*

Ortwin von Metz, Sindold und Hunold rennen auf den Platz.

Ortwin von Metz: Reiter sprengen durch das Tor!
Sindold: Unter ihren Pferden wurden die Stadtwächter begraben!
Gernot: Hölle! Teufel! Wo war'n die Boten?!
Hagen: *(zieht sein Schwert)* Wie viele sind's?!
Hunold: Zwölwe!
Hagen: Nicht die Stadtwächter, Trottel! Ich mein, die Feinde!

Das Dröhnen wird jetzt noch lauter. Alle ziehen ihre Schwerter und sehen gebannt in eine Richtung. Zwölf Reiter galoppieren ein: Männer in prächtiger Kleidung, die Helme mit Edelsteinen und das Sattelzeug aus Gold. Die Spitzen ihrer Schwerter reichen bis an die Sporen. Gunther, Giselher, Gernot, Hagen und die anderen stehen mit erhobenen Schwertern bewegungslos vor den Reitern. Einer von ihnen springt vom Pferd, öffnet sein Visier und schaut sich die Burgunder an.

Siegfried: – Wollt ihr ihn nicht begrüßen?

Schweigen.

Siegfried: Sind wir hier bei den Deutschen? – Der da, das muss Hagen sein! – Sind Sie Hagen von Tronje?

Hagen: Ja, der bin ich, Fremder. Was kann ich für Sie tun?

Siegfried: Sagen Sie Ihrem König, er möge endlich Siegfried aus Xanten begrüßen!

Hagen: Der seid Ihr? Siegfried aus Xanten, Holland?

Siegfried: Wer denn sonst? Oder sehen Sie hier noch einen besseren Mann?

Giselher: *(zu Gernot)* Wer ist denn Siegfried aus Holland?

Siegfried: Spricht der König so leise? Kann er auch laut und deutlich Siegfried aus Xanten begrüßen?

Gunther: Der König bin ich.

Schweigen.

Hagen: *(zu Gunther)* Begrüßen, König.

Gunther: Eins nach dem andern. Ich begrüße jetzt Siegfried aus Xanten, Holland. *(Hebt die Hand)* Willkommen!

Siegfried: Sehr gut. Wir kommen voran!

Giselher: *(zu Gernot)* Wer ist denn dieses Großmaul?

Siegfried: *(zu seinen Mannen)* Die Deutschen haben, scheint es, Asthma. *(Zeigt auf Giselher)* Hat Er schon wieder keine Kraft zu sprechen? Kann Er nicht aus der Brust heraus sagen, was Er will?

Giselher: Er soll aufpassen, dass ich ihm nicht gleich was andres aus der Brust herausschlage!

Siegfried: Habt Dank. Ein wenig ausschwingen nach dem langen Ritte. Hagen, was wettet Ihr, nach wie viel Schlägen ist dieser Mann geschlachtet?

Giselher: *(zieht sein Schwert)* Nach dreien, Er! Komm her und zieh!

Siegfried zieht sein Schwert.

Hagen: Haltet ein! *(Geht dazwischen)* Das ist Siegfried!

Giselher: Wir hörten es! Gebt freie Bahn!

Hagen: Vorsicht, junger König, der Mann dort war es, der die Nibelungen mit eig'ner Hand erschlug! Zwölf Könige, dazu siebenhundert Recken, Respekt! Ist das dort Balmung, das wunderbare Schwert der Nibelungen, hoher Gast?

Siegfried: Der Mann gefällt mir. Ja, das ist es, Hagen! Ich schlug mit diesem Schwert den Drachen!

Giselher: Welcher Drache, Großmaul?!

Hagen: Schluss jetzt! – Er schlug den Drachen und badete in seinem Blut. Nie wird ein Schwert diesen Mann, gedeckt vom Blut, verletzen! Siegfried, da war jedoch irgendwas mit einem Lindenblatt?

Gernot: Von einem Lindenblatt hab ich, glaub ich, auch schon mal gehört.

Siegfried: Du störst das Porträt. Hagen, sprecht weiter!

Hagen: Er hat auch Alberich gebändigt. Ist es richtig, Siegfried, dass Alberich nun den Schatz bewacht?

Siegfried: Der Schatz ist mein und Alberich bewacht ihn, ja. Noch Fragen?

Hagen: Nein. Willkommen in Burgund.

Gunther: Ja, seid willkommen in Worms am Rhein und trinkt mit uns. Sindold! Schenkt ein!

Sindold: Bacchus Spätlese, Abenheimer Jahrgang 33! *(Lässt Pokale verteilen)* Edelrebe!

Gunther: – Zum Wohl! *(Zeigt auf Siegfrieds Pferd)* Schöner Sattel!

Alle trinken.

Gunther: Aber weshalb nun, edler Siegfried, seid Ihr hier?

Gernot: Oder auch: Quo vadis?, wie der Römer sagt: Wo wollt Ihr hin?

Siegfried: Ich hörte, hier gibt's weit und breit die besten Ritter?

Gunther: Ja, das stimmt. Man kann es sagen.

Siegfried: Ich würde das gerne selber nachprüfen. Alles, was Ihr besitzt, das Land, diese Burg, den Thron, ich werde es Euch mit Gewalt abnehmen. Es gehört in Kürze mir.

Schweigen. Verwirrung.

Siegfried: Hört Ihr schlecht?

Giselher: Jetzt reicht's! *(Zieht sein Schwert)* Was redet der?!

Ortwin von Metz: *(zieht sein Schwert)* Weiß der Mann, wo er hier steht?!

Siegfried: *(wirft den Pokal weg. Zieht sein Schwert)* Ja, kommt näher. Hagen, was wettet Ihr, dass ein Schlag reicht, sie beide zu enthaupten?

Giselher greift an.

Hagen: *(zieht sein Schwert und richtet es gegen Giselher)* Lieber Freund, zurück! Lernt endlich Mäßigung!

Giselher: Wieso ich?! Maßlos nenn ich den da!

Siegfried: Mein Gott, was ist denn jetzt? Ich würde mich gerne bewegen! Hagen, was wettet Ihr, wie viel Schläge, und Ihr selbst seid tot? *(Richtet sein Schwert gegen Hagen)*

Hagen: – Ich wette nicht. Doch seid Ihr mutig. Sindold! Schenkt nach! Ich denke, edler Siegfried, Ihr habt ein Land, den Thron durch die Geburt erworben, wollt ihn aber mit Taten auch erwerben?

Siegfried: Richtig. Wer hier gewinnt, dem gehört dies deutsche Land und Xanten! Alles oder nichts. Wer ist der Erste?

Gunther: – Also, wir wollen Xanten, glaub ich, gar nicht haben. Uns geht's gut.

Siegfried: *(zu seinen Mannen)* Jungs, sind wir hier in der Schweiz, oder was? Was sind denn das für Deutsche?

Gunther: Hagen, was sagt er? Wer sind wir?

Hagen: Manche nennen uns die Deutschen, König. The germans. Die Engländer haben uns kürzlich mit der Germanapflanze verglichen, the German flower, wächst in England. Eine spitze, zackige Malvenpflanze.

Gunther: Aha. Was für eine Malvenpflanze?

Siegfried: Geht das hier jetzt mal weiter? *(Richtet sein Schwert in Richtung Ortwin von Metz)* Warum trägt der Esel Frauenhüte? – Zieh, du Malve!

Ortwin von Metz: *(zieht sein Schwert)* Ich schlag ihn tot! *(Geht auf Siegfried los)*

Hagen: *(mäßigt Ortwin von Metz)* Das ist mein Neffe, werter Siegfried, und in Burgund, da trägt man derzeit solche langen Hüte. *(Zu Ortwin von Metz)* Bleib da steh'n!

Siegfried: Was soll ich denn noch alles behaupten? *(Zeigt auf Giselher)* Was ist denn das für 'n Schrottschwert, Memme?

Giselher: *(zu Gernot, bebend vor Wut)* Ich darf nichts machen!

Gernot: Beruhigen, Bruder! *(Zu Siegfried)* Willst du hier wie Brutus Tabula rasa machen?!

Ortwin von Metz: Der Hut ist römisch, Niederländer!

Gunther: Ruhe!

Siegfried: Na und? Will ich mich über Hüte unterhalten?

Hagen: Politik, lieber Siegfried! Lasst uns über Politik jetzt unterhalten.

Gunther: Sindold! Schenkt nach! Siegfried, hier in Worms regierte einst mein Vater Dankrat mit «eren hat», wie man hier sagt, mit «hohem Ansehen». Ich bin sein Nachfolger. Giselher und Gernot, meine Brüder, regieren mit, und Hagen, mein Lehnsmann, ist der Berater. Burgund erstreckt sich links des Rheines von der Mosel bis zu den Vogesen. Gegründet haben wir dieses Reich im Jahre …

Siegfried: Ich hab gehört, hier gibt's die schönste Frau und alle Welt kommt, um sie zu werben? Warum seh ich sie nicht?

Giselher: Die nimmt nicht jeden, Großmaul!

Siegfried: Red ich mit dir, Schrottschwert?

Hagen: Die schöne Kriemhild, Siegfried, ist heute müde. Es kamen den ganzen Vormittag prächtige Bewerber. Doch wenn Ihr länger bleiben möchtet, seid unser Gast am Hofe.

Siegfried: *(zu seinen Mannen)* Man könnte ein paar Tage bleiben, oder?

Giselher: Ist Hagen wahnsinnig? Was soll das?!

Gunther: Beruhigen, Bruder!

Hagen: Kennt Ihr die Sachsen und die Dänen, Siegfried?

Siegfried: Muss man die kennen, Hagen?

Hagen: Nun ja, man sagt, sie kämpfen wie die Götter. Sind stark und schnell und übermütig, und das in großer Anzahl.

Siegfried: Na und?

Hagen: Ich will nur sagen, wenn Ihr bleiben wollt, um der schönen Kriemhild am Hofe zu begegnen: Wir bekommen zwischendurch Besuch und werden kämpfen. Ich hoffe, es stört nicht.

Siegfried: Verzeiht, der König, er wirkt traurig und gar nicht wie ein König?

Gunther: Die Sachsen und Dänen, werter Siegfried, sie sind im Anmarsch und wollen unser Land.

Hagen: Und Kriemhild, fürcht ich, deine Schwester!

Siegfried: Wie viele sind's?

Hagen: Vierzigtausend. In sieben Wochen.

Siegfried: – König, ich mach das. In ein paar Tagen reiten wir dem Feind entgegen. Ihr bleibt bei den Damen. König, solange Siegfried lebt, lebt hier kein Sachse und kein Däne. *(Zu Ortwin von Metz)* Aber bitte setzt diesen Hut ab, wenn wir kämpfen. *(Zu Giselher)* Und schmiede dir ein richtiges Schwert, Kollege, damit wir Seit' an Seite steh'n und seh'n, wer wie viel Feinde in den Staub schlägt! Wer trägt die Fahne? Hagen, Sie? Oder Siegfried selber? Freunde, das wär ihm eine Ehre!

Siegfried und seine Mannen reiten über den Platz und samt Pferden in die Burg.

Giselher: Ich versteh kein Wort. Erst wollt er doch selber gegen uns kämpfen?

Gernot: Frag mich nicht. Frag Hagen. Ich sag dazu gar nichts. So einen Auftritt hab ich noch nie geseh'n!

Alle ab.

3. SZENE

Der leere Platz vor der Burg. Der Bote läuft außer Atem ein. Stellt sich mitten auf den Platz.

Der Bote: Sieg! Sieg! Es lebe der König! Sieg!

Stille.

Der Bote: Ist denn hier niemand? – Hallo?! Wir haben gewonnen! *(Bläst in sein Horn)*

Ein Burgfenster geht auf.

Der Burgwächter: *(guckt heraus)* Was bläst Er in sein Horn?! Weiß Er, wie spät es ist?! Die Burgunder schlafen! Ruhe! Ich bin der Burgwächter!

Der Bote: Burgwächter, ich bin der Bote! Komm grad aus Sachsen! Es lebe Burgund! Der Feind ist tot! Wir haben gesiegt!

Der Burgwächter: Was, wir haben gesiegt? Ist Er der Bote?

Der Bote: Sag ich doch! Komm grad aus Sachsen! Der Feind ist tot!

Der Burgwächter: Der Feind ist tot?! Und was ist mit den Dänen?!

Der Bote: Tot! Sag mal, schläft Er? Wie oft soll ich es denn sagen? Die Dänen war'n der Feind, und der ist tot!

Der Burgwächter: Und wieso kommt Er dann aus Sachsen, wenn es die Dänen sind, die tot sind?!

Der Bote: Hat Er keine Ahnung? Weiß Er denn gar nichts von den Geschäften? Der Krieg, der war in Sachsen! Die Dänen und die Sachsen kämpften in Sachsen gegen die Burgunder und die zwölf Niederländer! Ist denn das so schwierig?

Der Burgwächter: Nee, aber die Sachsen sind ja wohl auch Deutsche, Bote! Da kämpften die ja gegen sich selber!

Der Bote: Nein! Die Sachsen war'n doch anders! Die gehörten zu den Russen, aber jetzt, jetzt gehören die Sachsen zu den Burgundern!

Der Burgwächter: Das versteht ja kein Mensch mehr! Die Völkerwanderung hat alles durcheinander gebracht! Wenn jeder dableibt, wo er hingehört, dann wär Ordnung!

Der Bote: Nun red Er doch nicht von der Völkerwanderung! Ohne Völkerwanderung wär Er ja gar nicht hier. Da könnt Er jetzt in Bornholm Fische zählen!

Der Burgwächter: Bornholm?! Ich bin Burgunder!

Der Bote: Richtig! Und da bedank Er sich mal schön bei der Völkerwanderung, du Esel. Ich muss jetzt den Triumph verkünden! Ich bin Bote! Die Sieger sind in einer knappen Stunde hier! *(Bläst in sein Horn)*

Der Burgwächter bläst ebenfalls in sein Horn. Die Türen der Burg öffnen sich, und etwa fünfzig burgundische Frauen laufen in Morgenmänteln auf den Platz. Gunther kommt. Oben im Turmfenster stehen Kriemhild und Mutter Ute.

Gunther: *(endet die Fanfaren)* Sprich Er, Bote!

Der Bote: König! Komm grad aus Sachsen! Hört! *(Stellt sich feierlich auf)*
Do die von Burgonden drungen in den strit
von in wart erhouwen vil manec wunde wit!
Do sach man über sätele fliezen daz bluot
sus wurben nach den eren die ritter küene unde guot!
Sic! Sic! Sic! Ich übersetze: Sieg! Sieg ...

Jubel. Es reiten drei Burgunder ein: Der erste sitzt schief auf seinem Pferd und hält mit letzter Kraft eine zerrissene Fahne. Der zweite hat überall Beulen in der rot verschmierten Rüstung und fällt, auf dem Platz ankommend, vom Pferd. Der dritte kommt zu Fuß, seinen rechten Arm in der linken Hand tragend. Er fällt auf die Knie und spuckt Blut.

Gunther: Willkommen in Worms, Burgunder! – Wo sind die anderen?

Eine Burgunderin: Wie war Siegfried? Hat Siegfried sich hervorgetan?!

Eine zweite Burgunderin: Giselher! Erzählt von Giselher!

Eine andere Burgunderin: Siegfried!

Die nächste Burgunderin: Ich will Gernot!

Eine weitere Burgunderin: Was hat denn Ortwin beim Kampf getragen?!

Die zweite Burgunderin: Ortwin? Doch nicht von Ortwin?! Giselher! Erzählt zuerst von Giselher!

Zwanzig weitere Burgunderinnen im Chor: Nein, Siegfried! Siegfried! Siegfried!

Alle durcheinander.

Gunther: Ruhe! Ruhe! – Ja, was denn nun? Ruhe! Er kann doch nicht alles gleichzeitig berichten! Bote, erzählt eins nach dem andern. Wie geht es Hagen?

Die Mutter Ute: *(von oben aus dem Turm herab)* Bote! Erzähl bitte zuerst von Siegfried! Kriemhild will es hören.

Gunther: Oho! Hört, hört. Sie fragt doch sonst immer zuerst nach Giselher?

Die Mutter Ute: Heute fragt sie aber mal zuerst nach Siegfried. Bote, sprich Er!

Gunther: Nun. Zuerst von Siegfried.

Der Bote: Burgunder! Siegfried, ich sag es gleich, war der Beste. Er schlug die Könige eigenhändig in den Staub! Erst den Dänen! Dann den Sachsen! Und bringt sie nun als Gefangene in unser Land! Doch hört in voller Länge! *(Stellt sich feierlich auf)* – Siegfried! – Übrigens ein Holländer. Ist das hier eigentlich bekannt?

Gunther: Fahre fort!

Der Bote: *(stellt sich erneut feierlich auf)* – Siegfried!
Da worhte michel wunder des küenen Sivrides hant!
Si frumten in dem sturme der helde vil erslagen
Doch möhte iu daz wunder niemen vol gesagen
Waz da worhte Sivrit, swenne er ze strite reit!
Den frouwen an ir magen tet er diu groezlichen leit!
Sivrit! Sivrit! Sivrit!

In den Jubel kommt der Rest der Burgunder: die meisten zu Fuß und Bahren ziehend, auf denen Tote oder Verwundete liegen. Überall hängen die Kriegstrachten in Fetzen herunter und flattern im Wind. Die meisten Männer taumeln. Einige weinen. Die Gefangenen sind mit Seilen zusammengebunden und werden in die Mitte getrieben. Triumphmarsch. Siegfried, rechts und links neben ihm der dänische und sächsische König, reitet ein. Dann Giselher, Gernot, Ortwin von Metz, Hagen und andere. Erneuter

Jubel. Einer der Burgunder nimmt plötzlich im Rausch einen Gefangenen ohne Arme und schlägt ihm im zweiten Versuch den Kopf ab. Gunther gibt ein Zeichen, und der Mann, der die soeben mordete, wird vor die Augen der gefangenen Könige geführt.

Gunther: Könige von Dänemark und Sachsen! Willkommen in Burgund! Seid unsere Gäste! Im Namen des Landes erkläre ich diesen Tag zum Feiertag! Dies da ist der letzte Tote!

Der Mann wird vor den Gästen hingerichtet.

Gunther: Hier herrschen Ordnung und Sitte! Doch ich sprach von was? Vom Feiertag!

Zustimmender Jubel.

Gunther: Ich meine ... danke ... Ich meine einen Tag, an dem das Land, auch an seinen fernsten Marken, feiert und gedenkt und nun auch willkommen heißt unsere neuen Bundesgenossen! Willkommen!

Jubel.

Gunther: Lassen Sie es mich ... danke ... Lassen Sie es mich so sagen: Gemeinsam sind wir ab nun eine neue Macht geworden im anbrechenden Jahrhundert! Danke!

Wieder Jubel.

Gunther: Weder links ... danke! ... Weder links des Rheines noch rechts des Rheines, liebe Burgunder und Neuburgunder, und ich sage dies ganz entschieden für unsere sächsischen Gäste: Weder links noch rechts wird man je wieder eine Hand erheben gegen die Stärke, die Einigkeit und den Frieden dieses Landes! Sindold! Schenkt allen ein! Und ich sage noch eins: Wir werden ... Ja, wir werden uns auch von nichts und niemanden mehr für irgendwas von links noch rechts vereinnahmen oder umstimmen lassen. Wir sind und bleiben die Burgunder! Basta! Zum Wohl! *(Trinkt. Stoppt den Jubel)* Wir ... Ruhe! ... Wir ... Wir stammen ab von der Malvenpflanze! Der Engländer nennt sie: The German flower! Eine spitze, zackige Pflanze. Zum Wohl!

Jubel.

Gunther: Ich gebe ... Ruhe! ... Ich gebe bekannt: Ab jetzt werden hier jedes Jahr Festspiele stattfinden! Festspiele, sage ich, die unsere Schlacht in Sachsen zum Ergötzen in Szene setzen. Immer am Dritten! Der Kulturleiter wird es richten. Zum Wohl, Burgunder!

Musikanten ziehen ein, die Verletzten werden zur Seite getragen, und Sindold lässt Pokale verteilen, Hunold abgerissene Männer neu einkleiden. Fackelträger laufen ein. Die Frauen haben sich burgundische Kämpfer genommen, und man stellt sich auf zum Tanze. Einige können sich während des Tanzes nicht mehr auf den Beinen halten. Sie sacken zusammen. Stehen wieder auf. Tanzen. Fallen wieder um. Einige spucken Blut. Die Frauen tanzen immer weiter. Sie tanzen zwölf Tage durch.

Ihre Kleider sind blutrot von den Umklammerungen der Männer, die sich am Saum festhalten und dann liegen bleiben. Bald gibt es keinen Burgunder mehr, der tanzen kann. Jetzt werden die Bahren mit den Sachsen und Dänen ins Zentrum getragen, und die Frauen tanzen mit den Gefangenen. Am Ende liegen Sachsen, Dänen und Burgunder kraftlos oder tot am Boden. Giselher, Gernot und Ortwin von Metz müssen nun mit jeweils fünf Frauen tanzen, Hagen mit zehn und Siegfried mit fünfundzwanzig. Gunther sitzt auf seinem Thron, trinkt, beobachtet die Frauen und ist unruhig. Siegfried steigt über die Toten und tanzt und fragt sich durch die Reihen der Frauen.

Siegfried: Entschuldigung, Verehrung, haben Sie Kriemhild des Weges gehen sehen? – Schöne Dame, haben Sie hier Kriemhild entlangtreten seh'n? – Ein wunderbares Kleid, Madame! Doch ich suche Kriemhild. Haben Sie Kriemhild geseh'n? Nicht. –

Sie? Haben Sie? Nein. Danke. – Guten Tag, Madame, Sie tanzen vorzüglich, aber darf ich Sie vielleicht um einen Hinweis bitten: Haben Sie … Danke. Vielleicht später. Ich kann nicht mehr tanzen. – Du! Kennst du Kriemhild? Hör zu! Irgendwo muss sie hier sein!? Verstehen Sie mich? – Entschuldigung, Verehrung! Aber die wird doch mal auf das Fest kommen, oder!? – Dieu! Hallo! Sind Sie Kriemhild?! Nein, wie sollten Sie! Pardon. *(Sieht Gunther verloren auf der Tanzfläche stehen)* König! König … König, Sie haben überhaupt keine Schwester! Wie lange bin ich jetzt hier?! Da wird man sich doch wohl mal zufällig begegnen müssen!

Gunther und Siegfried auf der Tanzfläche. Beide versuchen noch die rituellen Schritte eines Tanzes einzuhalten. Gunther ist angetrunken, Siegfried taumelt.

Gunther: Kennst du Brünhild, Siegfried? Sie ist die Schönste!

Siegfried: Ich kann nicht mehr tanzen, König! Lasst mich Abschied nehmen. Kriemhild kommt nicht mehr.

Gunther: Kannst du auch Felsbrocken schleudern?

Siegfried: König, in meinem Kopf, da male ich ein Bild, seit Jahren. Und das wird jeden Tag größer … und strahlender … und … Wie lange soll ich denn noch? Ich halt das Bild nicht mehr aus!

Gunther: Siegfried, du wirst mich im Weitsprung schulen! Man sagt, sie soll sehr gut im Weitsprung sein!

Siegfried: Mein Herz brennt, König. Lebt wohl. Ich muss jetzt den Maler töten. *(Zieht sein Schwert. Richtet es gegen sich)* Lebt wohl. Adieu.

Gunther: Guck mal! *(Nimmt einen Stein)* Ich schleudere ihn zwanzig Meter! Reicht das, Siegfried, wird es langen?

Siegfried: Adieu. Es ist zu Ende.

Gunther: Wartet! Wir werden Weitsprung üben! *(Nimmt ihm das Schwert weg)* Sie wirft gut, ja, aber wie weit wird sie springen, Siegfried?

Sie trinken.

Siegfried: König, gebt mir mein Schwert zurück. Ich muss jetzt das Bild zerschlagen.

Gunther springt.

Siegfried: König, warum kann sie denn nicht mal auf den Balkon treten, Mensch?

Gunther: Wie springe ich? Los, spring mit! *(Springt)*

Siegfried: Ich habe keine Lust, Weitsprung zu üben. Lasst es, König. Sie wird uns töten, König! Sie wird Euch schlagen, König!

Gunther: Auch im Speerwurf, Siegfried? *(Nimmt einen Speer)*

Siegfried: Im Speerwurf wie im Weitsprung, König. Sie wird Euch töten. Wer unterliegt, ist tot. Wie grausam oft die Schönheit ist. Sie strahlt und alles um sie herum verbrennt, wird Asche, wir sind verloren. Lasst es, bitte.

Hagen tritt hinzu.

Gunther: Ich muss sie kriegen, Hagen! Trinkt mit!

Hagen: Ich rate ab, mein König.

Gunther: Du! Du rätst mir gar nichts! Du trinkst jetzt, Diener!

Hagen: Erzählt von der Tarnkappe, Siegfried. Könnt Ihr auch mit der Tarnkappe den Felsbrocken schleudern? *(Gibt Siegfried sein Schwert zurück)*

Siegfried: Danke. Sagt Eurem König, es ist Selbstmord. Die Frau, ich kenn sie.

Gunther: Er kennt sie? Wieso kennt Er sie, Brünhild?!

Siegfried: Ich kenn sie eben, Brünhild. Sie lebt auf Island in einer Flammenburg und ist wie das Feuer selbst.

Gunther: Feuer. Eine Frau wie das Feuer selbst, ich muss sie kriegen. Dann soll Er doch mit der Tarnkappe helfen. Die Welt gehört mir! Trinkt, Hagen!

Siegfried: Die Sachsen und die Dänen, Hagen, die war'n mir lieber. Wisst Ihr, wie schwer es ist, auf Island Felsbrocken zu schleudern? Das ist eine andre Welt.

Hagen: König, könnte man nicht einmal Kriemhild auf den Balkon hintreten lassen?

Siegfried: Hagen, das ist eine verrückte Welt! Da sind die Frauen

Kämpfer, aber besser, als Männer je kämpfen konnten! Und gleichzeitig sehen sie aus wie Frauen, aber besser, als Frauen je ausgesehen haben! Ich sage Euch, das hält kein Mann aus, der auf dieser Erde steht! Frauen, Hagen, besser als Männer! Und schöner als Frauen! Das ist Irrsinn, König! Das schaff ich nie! Sagtet Ihr gerade: Kriemhild auf den Balkon hintreten lassen?

Gunther: Holt Kriemhild! Sie soll auf den Platz hintreten da!

Hagen: Kriemhild dort auf dem Platz gegen einen Kampf auf Island für den König.

Siegfried: Oh wunderbare Welt. Aber dann, dann kommt das Ende. Auf Island! Und dieser Gürtel! Der mächtige Gürtel, König!

Gunther: Was sagt er, Hagen?

Hagen: Er spricht von einem mächtigen Gürtel, König.

Gunther: Was für ein mächtiger Gürtel? Reden wir jetzt von Gürteln?! Ich red nicht von Gürteln! *(Trinkt)*

Siegfried: Aber was, wenn ich es schaffe, König?

Gunther: Dann hat Er einen Wunsch frei! Uns gehört die Welt! Trink jetzt endlich! Was wünscht Er sich, Siegfried?!

Gernot tritt auf.

Gernot: Kriemhild, sie kommt in Kürze! *(Wendet sich an das Volk)* Burgunder! Kriemhild kommt hier auf den Platz! Sie tritt ins öffentliche Leben! Bildet eine Gasse!

Das Volk bildet eine Gasse.

Siegfried: König, hier ist der Wunsch: Ich will Eure Schwester, Kriemhild, die junge Königin, zur Frau. Ich liebe sie. *(Kniet vor Gunther)*

Hagen: Er hat sie nie gesehen, mein Fürst.

Gunther: Habe ich Brünhild geseh'n, Hagen? Hab sie nie geseh'n, und doch schon steht sie vor mir. Wichtig, Hagen, ist der Wille, diese eine oder keine, denn was sich vorher sicher ist, kann später nicht mehr schwanken. Ich liebe Brünhild. – Siegfried, steh auf! Ich wünsch Euch schöne Nächte. Kriemhild, sie wird Euch gehören, wenn Brünhild kommt nach Burgund. Prost! *(Trinkt)*

Fanfaren. Kriemhild kommt aus der Burg. Flankiert von Rittern, ihrer Mutter Ute und gefolgt von Jungfrauen, geht sie durch die Gasse auf die anderen zu.

Gernot: Volk von Burgund! Seht, eure Prinzessin!

Jubel. Kriemhild kommt an.

Gunther: Kriemhild. Burgund siegte glanzvoll in Sachsen! Wir haben gewonnen! Das ist Siegfried.
Die Mutter Ute: Lasst Siegfried vor meine Tochter treten, damit die Jungfrau ihn begrüßen und ihm danken kann.

Siegfried tritt vor Kriemhild. Sie schauen sich an.

Kriemhild: Guten Tag.

Schweigen. Er starrt sie an.

Kriemhild: – Guten Tag, Siegfried.
Siegfried: – Wie? Oh, guten Tag.
Kriemhild: Ich hörte viel von Ihnen und möchte danken. Sie haben, scheint es, wie ein Held gekämpft.
Siegfried: – Guten Tag.
Kriemhild: Wir begrüßten uns soeben, tapf'rer Siegfried. Doch wie gern begrüß ich Sie ein zweites Mal, Sie schöner Mann. Guten Tag. *(Küsst ihn auf den Mund)* – Bis bald. Auf Wiedersehen.

Geht mit Gefolge ab. Alle blicken ihr nach. Gernot folgt.

Gunther: Hunold! Was für Kleider tragen wir denn auf Island?
Hunold: Ah! Also ich schlage vor, arabische Seide, weiß wie Schnee. Dazu Seide aus Zazamanc, grün wie Klee.
Sindold: König, es gibt auch sehr gute Seide aus Bayern.

Hunold: Die Zazamanc-Seide aus Libyen ist besser, König!

Ortwin von Metz: Warum nicht Hermelin aus Ägypten und Hüte aus Rom? Ich empfehle römische Hüte!

Sindold: Es gibt auch schönes Unterfutter aus norddeutscher Fischhaut, König! So etwas ist bis jetzt völlig unbekannt!

Hunold: Zazamanc trägt man ohne Unterfutter! Ich kann noch Brokat empfehlen, König!

Hagen: Da muss aber im Notfall auch eine Rüstung drüber.

Hunold: Natürlich. Zazamanc mit Brokat kann man auch unter der Rüstung tragen, Hagen!

Sindold: Natürlich trägt man Zazamanc mit Unterfutter!

Hunold: Nein! Ohne Unterfutter! Kümmer dich um die Getränke!

Gunther: Durst!

Sindold: Jawohl. Holt einen fruchtigen Riesling aus der Region! Flörsheim-Dahlsheim, Jahrgang 45!

Ortwin von Metz: Also, ich brauche dann noch Ersatzkleider aus Hermelin mit Hüten aus Rom!

Hunold: Selbstverständlich, Herr von Metz.

Sindold: Ich schlage vor: zwei Ersatzkleider! Hermelin mit Hüten aus Rom und Seide aus Bayern mit norddeutschem Unterfutter.

Hunold: Bringt den Riesling weg und holt ein polnisches Bier!

Gunther: Bist du verrückt? Ich trinke kein polnisches Bier!

Hunold: Dann sagt Sindold, dass er sich nicht immer in fremde Angelegenheiten mischen soll! Er ist Mundschenk, nicht Gewandmeister!

Ortwin von Metz: Streitet nicht. Als ich in Hermelin gekleidet Hofmeister in Verona war …

Gunther: Schluss! Aus! Wir ziehen einfach alles an. Jeden Tag werden drei verschiedene Gewänder angezogen. Wie viele Tage bleiben wir?

Hagen: Wenn wir Glück haben, vier.

Gunther: Gut. Gut. Wir reisen morgen. Morgen um fünf, da wird gesattelt. Zum Wohl!

Hunold: Zu Ihren Diensten. Macht drei mal vier: Zwölf Gewänder für jeden, König. An die Arbeit. An die Arbeit! Bis fünf! An die Arbeit!

Alle Burgunder ab. Siegfried steht allein auf dem Platz.

Giselher: *(vor der Burg)* Siegfried? – – Siegfried? Hier ist niemand mehr. – Hallo? Das Fest ist zu Ende, die sind alle weg.

Siegfried: – Giselher. Da steht sie noch. – Da!

Giselher: – Versteh ich nicht.

Siegfried: Hier!

Giselher: Siegfried, ich seh nichts. Du bist angetrunken.

Siegfried: Lieber Freund, so viel kann ich gar nicht trinken, um dem Himmel so nah zu sein! Sahst du den Kuss?

Giselher: Was für ein Kuss? Ich war ausruhen! Siegfried, komm jetzt, es ist spät.

Siegfried: «Was für ein Kuss?» «Was für ein Kuss?» Na, der Kuss eben! Hier, guck. So! –

Giselher: – Was machst du denn da?! – Siegfried? – Steht hier auf'm Platz und umarmt die Luft! *(Will ihn mitnehmen)* Komm jetzt! Wenn das die andern seh'n!

Siegfried: Warte mal, warte mal. Pass auf! Stell dich mal hier hin. *(Stellt ihn auf seinen Platz)* So. Du bist jetzt Siegfried. – Lächeln! Du sollst lächeln, Giselher!

Giselher: Mensch, Siegfried, wir haben grad die Sachsen besiegt, ich hab zwölf Stunden durchgetanzt, ich bin müde.

Siegfried: Also: Du hast gerade mit dem König und Hagen über Brünhild von Island gesprochen, aber plötzlich geht hinten die Burgtür auf – Moment! *(Rennt zur Burgtür)* «Volk von Burgund! Seht, eure Prinzessin!»

Giselher: Siegfried, was soll das denn? Du bist doch keine Prinzessin, du bist Ritter!

Siegfried: Sie kommt! *(Schreitet plötzlich wie Kriemhild auf Giselher zu)*

Giselher: Du, Siegfried, die Burg hat Fenster! Man kann sehr gut von oben auf den Platz gucken, ja? Würdest du bitte diesen Gang einstellen. Scheiße, wenn das die Sachsen seh'n!

Siegfried: *(kommt bei Giselher an. Küsst ihn)* So war's. Sag was.

Giselher: – Sie hat dich so geküsst?

Siegfried: Ja.

Giselher: Meine Schwester?

Siegfried: Ja.

Giselher: Bist du dir sicher?

Siegfried: Ja. So sicher war ich mir noch nie.

Giselher: Dann müsst ihr sechs Menschen retten.

Siegfried: Wie?

Giselher: Neuer Staatsgedanke, schon gut. *(Setzt sich auf den Boden)* Will die etwa jetzt Königin werden. Ich fass es nicht. Ich muss aber mit ihr zuerst noch ein Buch schreiben!

Siegfried läuft wie ein Kind über den Platz und stellt sich unter einen Balkon.

Siegfried: *(in der Pose des Minnesängers)* Wie das Morgenrot aus den trüben Wolken hervortritt, so trete du doch nochmal auf den Balkon! *(Macht einen Kniefall. Steht wieder auf. Nimmt erneut die Pose ein)* Wie das Morgenrot die trüben Wolken überstrahlt, so strahle du über den leeren, den so trüben Balkon! *(Macht einen Kniefall)*

Giselher: Siegfried?

Siegfried: Ja?

Giselher: Das klingt ja total bescheuert. *(Steht auf. Läuft ebenfalls zum Balkon)* Das geht so: *(In der Pose des Minnesängers)* So wie der helle Mond, dessen Schein so rein aus den Wolken heraus leuchtet und die Sterne überstrahlt, so überstrahlst du mein Leben und diese Erde!

Siegfried: Giselher, die Frauen wollen nicht mit dem Mond verglichen werden, sondern mit dem Morgenrot. Hör zu. Das geht so: *(In der Pose)* So wie das purpurfarbene Morgenrot aus dem Balkon hervorleuchtet …

Giselher: Quatsch! Aus den Wolken! Wie soll denn das Morgenrot aus dem Balkon hervorleuchten?! Und so einen küsst meine Schwester!

Siegfried: Ich meinte auch die Wolken! Also … Aus den Wolken hervorleuchtet, so überstrahlst du den Balkon!

Giselher: Lass den Balkon weg!

Siegfried: Ich versuch's mal mit'm Regenbogen! Es gibt verschiedene Möglichkeiten. Du bist Deutscher. Die Deutschen haben keine verschiedenen Möglichkeiten. *(In der Pose)* So wie der Regenbogen aus den trüben Wolken hervorstrahlt, so überstrahlst du den Mond! Ich hab mich jetzt doch für den Mond entschieden.

Giselher: Komm, wir gehen schlafen. Es ist spät. Du musst morgen früh um fünf nach Island.

Siegfried: Die Sonne oder den Mond, mein Freund? Oder den Regenbogen oder das Morgenrot?

Giselher: Los. Ins Bett!

Siegfried: In jedem Falle ohne Balkon, Giselher. Sondern nur mit Wolken, trübe, aber überstrahlt. Jetzt kommt's, Giselher: Durch alles vier! Sonne, Mond, Regenbogen und Morgenrot.

Giselher: Hier lang, mein Freund.

Beide ab. Hagen und Gernot treten auf den Platz.

Hagen: Gernot, ich mag's nicht sagen, mir gefällt die Lage nicht.

Gernot: Es geht um Siegfried, Hagen?

Hagen: Ja, der König hat seit Jahren nicht mehr getrunken. Seit Siegfried hier ist, möcht er plötzlich wieder leben. Und was für Frauen haben! Brünhild! Etwas schlichter geht's wohl nicht mehr!

Gernot: Bekommen wir sie denn nicht mit Siegfried?

Hagen: «Bekommen wir sie denn nicht mit Siegfried?» Das ganze Land denkt nur noch, was es bekommen kann von Siegfried! Weiß auch jemand, was er nimmt?

Gernot: Du hast den Handel selber eingeleitet, Hagen.

Hagen: Was blieb mir übrig? Soll er etwa nie mehr wiederkehr'n, der König? Nein, um des Königs Leben musste ich den Handel stiften! Doch sobald er da war, ging ich dran, ihn zu bekämpfen!

Gernot: Hier. Trink auch mal was.

Hagen: Versteh doch, Gernot. Siegfried stärkt das Land und schwächt es im gleichen Zuge!

Gernot: Aha. Soso. Du siehst die Sache also «dialektisch», wie Sokrates, der Grieche, sagt.

Hagen: Ist mir doch egal, was der Grieche sagt! Müsst ich morgen nach Island fahren, wenn er nicht wär? Würd der König hier diese wahnsinnige Minne machen, wenn er nicht wär? Und falls wir wiederkehr'n: Was werden das für Allianzen sein, die wir hier schließen? Gernot, ich ahn es schon: Eine Frau zu viel und ein Mann zu wenig.

Gernot: Nach meiner Rechnung käm es genau hin.

Hagen: Ja, du bist ein Außenrechner, ihr seid alle Außenrechner, aber ich, ich bin ein Innenrechner und sage euch: Eine Frau zu viel und ein Mann zu wenig. Ich könnte auch sagen: Eine Welt zu viel und unser Land zu klein!

Gernot: Lass uns schlafen gehen. Es ist vielleicht das Reisefieber, das dich plagt?

Hagen: Ja, natürlich, das Reisefieber plagt mich auch, besonders, weil ich gar nicht weiß, warum ich reisen soll. Ich trink noch was!

Gernot: Gute Nacht, Hagen.

Hagen: Alle Welt denkt immer, ich führe irgendwas im Schilde, dabei bin ich nur ein Innenrechner! *(Trinkt)* Ihr seid Außenrechner, und ich bin Innenrechner.

Gernot: Ich komm um fünf zum Satteln. Also, gute Nacht. *(Ab)*

Hagen: Ja, um fünf, da wird gesattelt. Dankrat, alter, die ganze Ordnung geht den Rhein hinunter. Ich trink noch einen.

Hagen steht allein auf dem Platz. Er blickt die Burg an. Läuft zu ihren Mauern. Berührt sie zärtlich, so als müsse er für immer Abschied nehmen. Dann geht er ab.

4. SZENE

Der leere Platz vor der Burg. Der Bote läuft von auswärts kommend ein. Stellt sich mitten auf den Platz.

Der Bote: Sieg! Der König hat gesiegt! Brünhild hat verloren! Sieg! *(Bläst ins Horn)*

Ein Burgfenster geht auf.

Der Burgwächter: *(guckt heraus)* Was bläst Er in sein Horn?! Weiß Er, wie spät es ist?! Die Burgunder schlafen! Ruhe! Ich bin der Burgwächter!

Der Bote: Geht das schon wieder los. Burgwächter, ich bin der Bote. Komm grad aus Island! Brünhild hat verloren! Der König hat gesiegt!

Der Burgwächter: Gesiegt?! Wer war der Feind?

Der Bote: Brünhild! Hört Er schlecht? Brünhild hat verloren!

Der Burgwächter: Und wieso kommt Er dann aus Island? Dann müsst er doch aus Brünhild kommen!?

Der Bote: Mensch, Brünhild ist eine Frau! Kein Land! Das ist ja ein total bekloppter Pförtner. Also ich erklär das nochmal eben. Die starke und schöne Königin Brünhild lebte auf Island. Vereinbart war: Wenn Brünhild unterliegt, kommt sie als des Königs Frau nach Worms. Sie ist gleich da!

Der Burgwächter: *(bläst ins Horn)* Brünhild kommt nach Worms! Brünhild in Worms!

Die Fenster und Türen der Burg öffnen sich. Volk kommt. Auftritt Gernot, im Gefolge Sindold, Hunold.

Gernot: *(endet die Fanfaren)* Burgunder! Wir stehen wie Herkules, der Grieche, am Scheidewege! Sprich Er, Bote!

Der Bote: Burgunder! Ich sag es gleich, Siegfried war ein Held! Sein Ruhm durchfliegt die Welt!

Gernot: Sprecht zuerst vom König!

Der Bote: Zuerst verwechselte man den König! Brünhild sah Siegfried und sie sagte: Da bist du nun. –

Gernot: Was soll das heißen? Geworben hat doch Gunther?

Der Bote: Siegfried hielt ihm daraufhin die Zügel, dann war es klar.

Gernot: Aha. Zur Sache jetzt! Bring Er einen Ariadnefaden in das Labyrinth!

Der Bote: Am Anfang Felsbrocken schleudern! Brünhild krempelt die Ärmel hoch. Ergreift den Felsbrocken. Drei Diener Brünhilds konnten ihn nur mit Mühe schleppen. Und dann: Abwurf! Hundert Meter! Hagen erbleicht. Er sagt: «Was hat der König nur für eine Liebste?» Schon greift der König selbst den Brocken! Siegfrieds Hand, unsichtbar unter der Tarnkappe, greift ebenfalls zum Brocken. Und dann: Siegfried stößt! Aber Brünhild denkt: Der König stößt! Er stößt aber nur mit, weil ja …

Gernot: Weiter! Weiter!

Der Bote: Und jetzt: Der Brocken fliegt! – Hundertundeinen Meter!

Jubel.

Einer aus dem Volk: Was für eine Tarnkappe denn?!

Der Bote: Die Tarnkappe! Siegfried hat die Tarnkappe!

Noch einer aus dem Volk: Is man damit unsichtbar, oder was?!

Noch einer aus dem Volk: Das muss einem ja gesagt werden!

Noch einer aus dem Volk: Tarnkappen gibt's doch gar nicht!

Der Bote: Doch! Bei den Nibelungen gibt's die Tarnkappe!

Gernot: Ruhe! Lass Er die Tarnkappe weg. Das Volk will vom König hören!

Der Bote: Ohne Siegfried?

Gernot: Ja. Was unsichtbar ist, braucht nicht erzählt zu werden. Das ist von mir.

Der Bote: Verstehe. – Speerwurf auf Mann! Brünhild und der König. Brünhild nimmt den Speer. Der König hält seinen Schild. Und dann: Brünhild wirft! Es kam schlimmer, als man dachte: Der Speer schlägt ein wie 'n Blitz und reißt noch des Königs Rüstung auf. Blut! Der König, voller Ingrimm, greift zum Speer. Wirft! Es fliegt sein Speer! Und jetzt: –

Gernot: Bericht Er doch! Ich erleide Tantalusqualen!

Der Bote: Brünhild umgeschmettert! Schluss! Aus! Der König siegt!

Jubel. Das Horn des Burgwächters.

Der Burgwächter: Sie kommen!

Siegfried reitet ein. Dahinter Gunther, neben ihm die Königin Brünhild. Es folgen Hagen und Ortwin von Metz. Die Königin stoppt ihr Pferd. Es wird still. Kriemhild steht vor Brünhild.

Die Mutter Ute: Seid mir und allen unseren Verwandten in diesem Land willkommen! Dies ist meine Tochter. Sie möchte Euch begrüßen.

Kriemhild und Brünhild schauen sich nur an. Es entsteht eine Pause.

Gernot: – Im Namen Burgunds und der Brüder heißen wir Euch auch von dieser Stelle auf das Herzlichste willkommen!

Kriemhild und Brünhild schauen sich wortlos an.

Giselher: – Ja, also ich bin der andere Bruder und möchte mich dem anschließen und sage: Willkommen!

Kriemhild und Brünhild schauen sich ohne Unterbrechung an.

Gunther: – Verehrte Damen? – Ja. Also auch ich möchte dann Brünhild, meine Königin, hier in Worms, an Ort und Stelle, noch einmal auf das Herzlichste begrüßen: Willkommen!

Kriemhild und Brünhild: Sie schauen sich immer noch an, was den Hof zunehmend irritiert.

Siegfried: – Ja, da kann ich mich dem nur anschließen: Auf Isenstein haben wir Euch abgeholt, in Worms heißen wir Euch: Willkommen!

Hagen: – – Nun denn, so ist es auch an mir, noch einmal und auch im Namen meiner Mannen dieses hier in Worms zu sagen: willkommen!

Die Mutter Ute: Kriemhildchen?

Kriemhild: Ja.

Die Mutter Ute: Das ist Brünhild, die Königin, die wir gerade alle wortreich begrüßen!

Kriemhild: Willkommen. Wie geht es Ihnen? Sie haben einen schönen Mantel.

Brünhild: Vielen Dank. Sie haben schöne Augen. Bis auf einmal sah ich immer nur in schwarze Augen, und die Bewerber, die ich zu Hause auf Pfähle steckte, haben mittlerweile feuerrote. Ein Wunder, dass Ihr Bruder dort nicht steckt.

Kriemhild: Mir gefällt Ihr Mund. Er leuchtet ungewöhnlich rot.

Brünhild: Danke. Ihr Haar ist ein Gedicht. Es glänzt und strahlt so eindrucksvoll, dass man schon fragen möchte: Ist es Gold?

Kriemhild: Danke. Die sind echt. Doch was ist mit Ihrer ungeschmückten Brust? Ich habe Perlen und Juwelen, die dort besser nicht zur Wirkung kämen und die ich zur Begrüßung schenken will. *(Hält ihr Schmuck hin)*

Brünhild: Ich bin so fremd in Eurer Welt und soll hier leben.

Kriemhild: Ich glaube, Schwester, wir zusammen, wir könnten eine neue gründen! Lasst uns etwas Neues, Großes finden!

Brünhild: Ich habe es einmal gefunden. – Kann ich in Worms denn selber vom Pferde steigen, oder muss man warten auf irgendeine Hand, die die Zügel hält?

Kriemhild: Hunold, helft vom Pferd!

Hunold: Es ist mir eine Ehre. *(Tritt zum Pferd)* Königin, Ihr Mantel, dünkt mich, ist aus Zazamanc? *(Will die Zügel halten)*

Brünhild: Entschuldigung. Ist es vielleicht möglich, dass Siegfried die Zügel hält? Das wär mir lieber.

Schweigen.

Die Mutter Ute: Sindold! Geht hin und haltet ihr die Zügel!

Hunold tritt weg vom Pferd, Sindold hin.

Brünhild: Nein, ich meinte nicht Sindold, sondern Siegfried. Es könnte sein, dass man mich in dieser fremden Welt noch nicht so gut versteht. Ich wiederhole: Es wär mir lieber, wenn Siegfried jetzt die Zügel hielte.

Schweigen. Unruhe.

Kriemhild: Was sagt sie? Siegfried soll die Zügel halten?

Die Mutter Ute: Hagen! Geht hin, Ihr hoher Herr, und haltet ihr die Zügel!

Hagen tritt hin zum Pferd, Sindold weg.

Brünhild: Verzeiht, werter Hagen, das wär zu viel der Ehre. Ist es nicht möglich, wie es bei mir auf Isenstein möglich war, wo

Siegfried meinem Bezwinger die Zügel hielt? Wenn mich nicht alles täuscht, ist er doch Lehnsmann. Der da! Mit den blauen Augen! *(Zeigt auf Siegfried)*

Kriemhild: – Schöne Schwester, das muss ein Irrtum sein. Mein künftiger Mann ist König. *(Zeigt auch auf Siegfried)*

Die Mutter Ute: *(zu Gunther)* Wieso hat denn Hagen nicht die Zügel auf Isenstein gehalten?!

Hagen: Verehrte Damen …

Brünhild: König? Das … das kann nicht sein. Ich habe doch genau gesehen, wie er die Zügel hielt. Und jetzt will die Schwester dieses Königs einen Lehnsmann nehmen? Was sind denn das für Sitten hier? *(Beginnt zu weinen)*

Kriemhild: Lehnsmann? *(Schaut die anderen an)* Habt ihr mich mit einem Lehnsmann …? – Ist das denn wahr?

Siegfried: *(ergreift Kriemhilds Hand)* Liebste, nein! Wenn ich da ein kurzes Wort …

Brünhild: Ja, Dienstmann! Bote, Knecht, Vasall!

Kriemhild: Die schöne Frau sagt «Knecht»?

Die Mutter Ute: Wieso hat denn Hagen nicht die Zügel auf Isenstein gehalten?!

Hagen: Also, meine Damen …

Brünhild: *(erstarrt)* Wieso ergreift ein Knecht diese königliche Hand? Nimm sie weg.

Gunther: Wär's nicht einfacher, meine Liebe, wenn du erst mal vom Pferd hinunterstiegest?

Brünhild: Nein!

Giselher: *(zu Gernot)* Es scheint, sie wolle Worms nie betreten!

Gernot: Ich sag dir dies: Eine Frau zu viel und ein Mann zu wenig.

Kriemhild: Aber, liebe Freundin, Sie müssen wissen, wer den Nibelungenhort besitzt. Man weiß es doch. Sie wissen, wer es ist?

Brünhild: Wohl kaum ein Knecht, denke ich. Auch wenn er schöne blaue Augen hat.

Siegfried: Also, einen Moment bitte. Den Nibelungenhort, den besitze ich und schenk ihn Kriemhild!

Kriemhild: Danke. Die sagt ständig «blaue Augen»?

Hagen: Meine Damen und Herren, wenn ich da nun mal kurz etwas sagen darf …

Die Mutter Ute: Wieso hast du denn nicht die Zügel auf Isenstein gehalten?!

Hagen: Ruhe! Ruhe bitte! – Erst redet der eine, dann der andere, aber nicht dieses Durcheinander, ja? – Nun. Siegfried ist ein König, keine Frage. Er besitzt Burgen, weite Länder, und doch hat er uns gedient. Er schlug aus freien Stücken unsere Feinde, was er nicht musste, und doch hat er uns gedient. Er folgte uns aus freien Stücken bis nach Island, was er nicht musste, und doch hat er uns gedient. Was soll nun Brünhild denken? Muss sie nicht denken, was alle Welt schon lange denkt: Siegfried, dieser große Mann, dient Gunther. Und da darf er plötzlich seine Schwester haben?

Siegfried: Was will Er damit sagen?

Brünhild: Ich bleib hier so lange auf dem Pferd sitzen, bis *er* mir die Zügel hält!

Kriemhild: Ein König ist ein König, der hält hier, glaub ich, nicht die Zügel!

Hagen: Liebe Brünhild, der große Siegfried hat sich leider kurz vor Worms die Hand verstaucht im Gelände und kann nicht mal mehr einen Zügel halten. Wenn Sie gestatten, ausnahmsweise, die Ehre liegt ganz bei mir, hohe Dame. *(Nimmt ihr die Zügel aus der Hand)*

Brünhild: Eins sag ich, Gunther: Nie wirst du das bekommen, was du willst, eh ich dein Geheimnis weiß. Verstanden? – Ich steige jetzt vom Pferd. *(Sie steigt vom Pferd)*

Gunther: Willkommen in Worms.

Gernot: Ja, willkommen!

Giselher: Meine Damen und Herren, ich habe selber etwas Kleines gedichtet. *(Liest)* «Sonne und Mond eilen am Himmel dahin. Sie glühen einander zu finden, doch finden, finden tun sie sich nie. Nur einmal, hier und jetzt auf Erden, vereinten sich Sonne und Mond. Es leben Burgund und Island!» Das war's. Danke.

Gunther: Bravo!

Die Mutter Ute: Nun aber mal zum Essen!

Siegfried: Ich hab mir noch nie die Hand verstaucht!

Hagen: Willkommen auch von dieser Seite, Brünhild!

Brünhild: Wo gehen wir lang in diesem fremden, kalten Land?

Hagen: Dort entlang. Darf ich? Das sind übrigens Eichen, also Bäume. Ich sah auf Isenstein gar keine.

Brünhild: Ich möchte da oben in den Turm. Hier unten ist die Luft so abgestanden. Richtet dort das Zimmer!

Hagen: Wir haben bessere Zimmer, Königin. *(Nimmt sie am Arm. Sie gehen auf die Burg zu)*

Gunther: Wir folgen!

Die Mutter Ute: Wieso hat denn Hagen nicht die Zügel auf Isenstein gehalten?!

Gunther: Ich will jetzt nichts mehr hören! Klar? Hat hier noch irgendjemand Einwände? Nicht. Gut. Jetzt wird geheiratet! Doppelhochzeit! Das werd ich der Dame da schon noch erklären. Folgen! *(Geht)*

Die anderen folgen. Der Platz wird leer.

5. SZENE

Giselher läuft mit einem Buch auf den Platz und einer Gänsefeder. Er schlägt das Buch auf, hält in einer Hand die Gänsefeder und denkt nach. Dann schaut er an der Burg hoch in Richtung Turm.

Giselher: – Kriemhild? Machst du mal das Fenster auf? Was soll ich denn da jetzt reinschreiben bitte? – Ich meine, neue Staatsform ist ja ganz schön, aber wofür sind wir eigentlich? – Hallo? – Also: Wofür wollen wir stehen und gegen wen werden wir uns wenden? – Du, es wäre gut, wenn du mal … Ich weiß nämlich gerade nicht mehr so genau, wer die Gegner sind!? – Schwesterherz, ich kann doch da jetzt nicht reinschreiben «Die Sachsen und die Dänen», das ist doch kein Geschichtsbuch, wir können doch nicht immer mit dem Finger auf irgendwelche ausländischen Ritter … Kriemhild, mir schwebt da so eine ganz neue … ich meine, wir müssten anfangen von hier aus, wo wir stehen … du, wenn du jetzt einfach mal das Turmfenster aufmachen könntest? Innerlich bin ich sehr in Bewegung, ich plane mit dir gerade innerlich so eine Art burgundische Rundumerneuerung: staatlich, menschlich, modisch, kultisch, sozialschaftlich, aber wenn ich mich dann von außen angucke, dann frage ich mich eigentlich: Warum?! Geht es uns nicht gut? Also innen bin gegen irgendwas, ja?, aber wenn ich mich dann so äußerlich ansehe, dann ... ach, das ist ja schön, dass du den Fensterriegel noch gefunden hast, weißt du eigentlich, wie lange ich hier schon ...

Kriemhild: Bruderherz, was machst du denn da?

Giselher: Was ich hier mache?! Wenn ich dich nochmal kurz erinnern darf, meine Schöne: Wir planen eine Umvolution!

Kriemhild: Was planen wir?!

Giselher: Eine Umvolution! Das heißt: Umwerfung der bisherigen Gesetze durch neue Erkenntnisse!

Kriemhild: Kannst du nicht hochkommen?

Giselher: Nee, ich versuche gerade umwerfende Sätze in unser Buch zu schreiben, aber es gibt da ein kleines Problem!

Kriemhild: Wir haben schon einen sehr guten Satz, Giselher! «Menschen, die sich lieben, müssen ein Werk erschaffen oder drei Leute retten!»

Giselher: Ja, toll, aber vielleicht bräuchten wir auch mal ein paar konkretere Sätze? Das können wir ja meinetwegen als Überschrift drüberschreiben, aber erst mal, Schwester, müssen wir jetzt ein Konzept entwickeln!

Kriemhild: Was müssen wir entwickeln?!

Giselher: Ein Konzept! Hör doch zu! Am Anfang braucht man immer ein Konzept! Also: Grundsätzlich wollen wir ja die burgundische Rundumerneuerung, aber nun erklär mir mal, warum?! Du willst sie, ich will sie, aber warum wollen wir sie?! Ich glaube ja, ein genaues Feindbild wäre generell ganz gut!

Kriemhild: Süßer, ich kann jetzt irgendwie nicht, ich muss heiraten! Wir gucken uns gerade Kleider an!

Giselher: Mensch, kannst du nicht einen Moment da stehen bleiben und mit überlegen?! Ich habe keine Lust, solche wichtigen Dinge mit einem Turm zu besprechen!

Kriemhild: Komm doch mal hoch, hier ist Chaos! Hier hängen ungefähr viertausend Unterröcke! Das Buch können wir doch noch in Ruhe ... Hör mal, mein Schatz, von diesem Turm aus habe ich gesehen, wie die Welt langsam nach und nach erstarrte. Und in ein paar Jahren, wenn unsere Kinder einmal von diesem Turm blicken werden, dann will ich, dass sie da unten Menschen sehen und nicht nur so Eisensäulen! Menschen, die atmen, die füreinander Augen haben und sich berühren und die endlich mal geradeaus einen Fuß vor den anderen setzen! Und nun komm hoch und hilf um Gottes willen!

Giselher: Schwester, mir dreht sich der Kopf! Ich sehe das mit den Menschen genauso, das muss auch unbedingt rein in das Buch, wir müssen wieder geradeaus und klar durch die Welt laufen, wunderbar! Aber weißt du, in letzter Zeit, wenn ich das mal sagen darf, da weiß ich ganz persönlich nicht mal mehr, ob ich eher in Richtung Frau oder Mann ... Pardon, aber da fängst's ja schon an!

Kriemhild: Du kommst jetzt sofort hier hoch!

Giselher: Ich meine, ich kann ja hier nicht einerseits in Burgund neue Konzepte vorlegen und den Feind ausrufen und andererseits, da weiß ich nicht mal, ob nun Mann oder Frau ...

Kriemhild: Giselher?!

Giselher: Ich glaube, Schwester, dass ich so in dir irgendwie drin bin, dass ich die ganze Welt aus dir hinaus betrachte! Mensch, da muss ich ja aufpassen, dass ich nicht aus Versehen Siegfried ...

Kriemhild: Hierher!

Giselher: Ja, Herz, ich komme, ich komme! Ist mir ganz egal, ob ich das hier durch Burgund brülle! Rühr bloß keinen Unterrock an ohne mich! Guck mal, ich setz jetzt einen Fuß klar vor den anderen, und dann komme ich!

Er rennt in die Burg. Die Glocken läuten.

6. SZENE

Hochzeitsnacht. Gunther hängt an der Fahnenstange hoch neben einem Burgfenster und angestrahlt von einer Fackel. Seine Hände sind gefesselt. Hagen macht einen Abendspaziergang.

Gunther: – – Hagen.
Hagen: Wer spricht?
Gunther: Ich.
Hagen: Wo?
Gunther: Hier!
Hagen: – – Mein Gott.
Gunther: Hagen, wär'n wir doch nie nach Isenstein gefahren.
Hagen: – König!
Gunther: Nicht so laut!
Hagen: Wie seid Ihr denn …?
Gunther: Ich bring sie um.
Hagen: – War sie's?!
Gunther: Ja, wer denn sonst!? Meinst du, ich häng mich hier selber hin?!
Hagen: Was ist denn das für eine Hochzeitsnacht? Eben saß sie noch bei Tisch und weinte, und jetzt das!
Gunther: Mir ist so schlecht.
Hagen: König, ich habe schon viele Frauen geseh'n, denn ich lebe ja nun über sechzig Jahre, aber so etwas wie diese?! Die Markgräfin von Bayern galt immer schon als Drache. Isolde von Lochheim ist wahrscheinlich heute noch ein Scheusal, aber, König, ich red von Tauben, wenn ich an diese denke! Und nicht einmal dem schlimmsten Sachsen käm ein solcher Gedanke, ich meine, nie im Leben würden wir doch den König von Dänemark an seine eig'ne Burg in Kopenhagen hängen! Nicht einmal im Schlaf käm ich auf so was, aber ich ahn es schon, sie liegt dort oben seelenruhig und …
Gunther: Hagen! Hol mich hier runter!
Hagen: Ich überlege ja schon die ganze Zeit, wie?! Das sind mindestens hundertfünfzig Fuß!
Gunther: Hagen, dem Staat geht's gar nicht gut.
Hagen: König, ein off'nes Wort. Wir haben uns in letzter Zeit zu

sehr dem schönen Augenschein verschrieben. Ich seh schon seit läng'rer Zeit mit Sorge, wie eine neue Richtung Einzug hält. Es ist, wie soll ich sagen, ein Hang zu einer Darstellung des Staates eingetreten, der nichts mehr darstellt, außer uns. Und werft mal diesbezüglich einen Blick auf die letzten Bewirtungskosten. Zu hoch, zu hoch, da war ja sogar der Krieg in Sachsen billiger! Natürlich, König, wir sind auch Menschen, doch darf der Staat sich nicht, wie soll ich's sagen, in sich selbst vergucken. Er besteht meiner Ansicht nach aus drei Prinzipien: …

Gunther: Hagen, du sollst mich hier runterholen! Das ist ein Befehl!

Hagen: Ja, natürlich, König. Könntet Ihr Euch abseilen?

Rüdiger von Bechelaren betritt den Platz, im Gefolge Hunnen mit Turbanen, in ihren Händen Goldschalen mit Juwelen.

Rüdiger von Bechelaren: Hagen von Tronje! Gott zum Gruße!

Schweigen.

Rüdiger von Bechelaren: Erkennt Ihr mich denn nicht? – Rüdiger von Bechelaren. Österreich! Gesandter des Königs Etzel! Genannt auch Attila, der Hunnenkönig!

Hagen: Natürlich! Natürlich! Rüdiger von Bechelaren! Ja, wo kommt Ihr denn jetzt her?! Um diese Uhrzeit?!

Rüdiger von Bechelaren: Ich habe Botschaften! Ich komme aus dem Hunnenland! Hier sind meine Edelleute. Wo ist Euer König?

Hagen: Der König? Der hält gerade Hochzeitsnacht! Er hat Brünhilde von Isenstein zur Frau genommen und kann jetzt nicht. Rüdiger, sagt doch, um was geht es denn?

Rüdiger von Bechelaren: Ach, Hagen. Helche ist tot. Die edle Frau Etzels starb, und sein Volk lebt seitdem in großer Trauer. Da hörte er von der schönen Kriemhild im Burgundenland und dass alle Welt kommt und wirbt.

Der König stöhnt.

Rüdiger von Bechelaren: Stirbt hier jemand?

Hagen: Wie? Oh nein, oh nein. Fahrt fort!

Rüdiger von Bechelaren: Nun also sagte König Etzel: Warum soll nicht Kriemhild in dem mächtigen Land der Hunnen die Krone tragen? Das sagte auch Dietrich von Bern, schöne Grüße! Er dient seit dem 1. 6. Etzel.

Hagen: Dietrich von Bern? Der ist doch König von Verona?

Rüdiger von Bechelaren: Er war, er war. Eine schlimme Intrige seines Onkels.

Hagen: Rüdiger, Ihr kommt zu früh, ich meine: Ihr kommt zu spät.

Der König stöhnt.

Rüdiger von Bechelaren: Ich hör doch was!

Hagen: Das bin doch ich! *(Stöhnt)* Die arme Helche, tot!

Rüdiger von Bechelaren: Ja, ja, tot.

Hagen: Aber Kriemhild hat soeben schon geheiratet! Siegfried aus Xanten! Holland! Schon mal gehört? Das muss sich doch rumgesprochen haben?

Rüdiger von Bechelaren: Ist es möglich? Das gibt's doch nicht. Wir hörten, sie ist Witwe!

Hagen: Rüdiger von Bechelaren, da muss ein Bote falsch berichtet haben. Kriemhild ist nicht Witwe, ganz im Gegenteil. Doch verzeiht, ich bin in Eile. Seid unsere Gäste, Gemächer steh'n bereit, bitte, hier entlang! *(Weist sie in die Burg)* Wir sprechen morgen über alte Zeiten. Gute Nacht, gute Nacht.

Rüdiger von Bechelaren mit den Hunnen ab.

Hagen: Da bin ich wieder. König Etzel trauert um die schöne Helche. Und was glaubt Ihr, was Dietrich von Bern jetzt macht?

Gunther: Hagen! Tu was!

Ein Fenster, links, öffnet sich. Siegfried mit dem Bett-Tuch.

Siegfried: Damit die Welt es weiß! Vierzigtausend Mann mussten für diesen Fleck sterben! Wie leuchtend rot er ist. Hörst du Kriemhild?

Hagen: Siegfried!

Siegfried: Hagen? Guter Hagen, seht! *(Hängt das Tuch heraus)* Ich würde jetzt gerne mit Euch ein Bier trinken!

Hagen: Das geht jetzt nicht, der König ist in schwerer Lage! Seht nach rechts!

Siegfried: – Gott. – Das tut mir Leid.

Gunther: Bring sie um. Schlag ihr die Brust ab.

Hagen: Siegfried, seht Ihr ein Mittel, den König aus dieser Lage zu befreien? Er hängt direkt an der Fahnenstange!

Gunther: Aufschneiden! Abstechen! Umbringen!

Hagen: Siegfried, oder seht Ihr ein Mittel, die Frau vielleicht etwas gefügiger zu machen? Was ist mit der Tarnkappe?

Siegfried: Meinst du das im Ernst?

Hagen: Soll ich knien? Der Anblick da ist wie ein Dolch in meiner Brust!

Siegfried: – Gut. Ich kann sie brechen. Wir machen es wie auf Isenstein. Danach kannst du sie haben. *(Schließt das linke Fenster)*

Gunther: – Was macht er?

Hagen: Er geht als König in Euer Schlafgemach.

Hagen und Gunther sehen auf das rechte Fenster. – Krachen und Knacken des Holzes. – – Schläge. Schreien. – Jetzt Stöhnen. Weinen.

Gunther: Denkst du …?!

Hagen: Sie bäumt sich noch, sie will's nicht glauben!

Das rechte Fenster geht auf. Gunther schwebt plötzlich an der Fahnenstange auf das Fensterbrett und steigt ins Zimmer. Das Fenster schließt sich. Hagen steht bewegungslos und guckt.

Siegfried: *(aus der Burg wankend mit einem Gürtel)* Hagen! Da … da bin ich wieder. Ich … Hagen … Bitt mich um so was nie wieder. – Mineralwasser!? *(Wankt in die Burg)*

Hagen steht allein auf dem Platz.

Hagen: Wache! Einen Stuhl!

Man bringt einen Stuhl. Hagen nimmt den Stuhl, stellt ihn an die Mauer der Burg und setzt sich. Er lehnt mit dem Rücken an der Burg. Stille. Nur das Flattern des Tuches im Wind. Hagen zieht seine Schuhe aus und stellt sie ordentlich neben den Stuhl. Er sitzt so da.

Kriemhild: *(das linke Burgfenster öffnend)* Du bist am Ende! Wo warst du? – – Ein Däne frech geworden? Du siehst anders aus! – – Mitten in der Nacht?

Siegfried: *(ebenfalls am Fenster)* Liebe, frag nicht. Ich sag es doch.

Kriemhild: Was ist denn das da?

Siegfried: *(bemerkt es in seinen Händen)* – Ein Gürtel.

Kriemhild: Das seh ich selber! Woher?

Siegfried: Einem Gaukler abgekauft.

Kriemhild: Um diese Uhrzeit?

Siegfried: Ich wollt ihn dir schenken in der Nacht. Ein schöner Gürtel. Bitte.

Kriemhild: Danke. Siegfried, nimm sie! Reiß sie an dich! Das Land ist krank. Hier brauchen wir eine neue Kraft! Schau dich um. Hier ist nichts!

Siegfried: Wie? Kriemhild, liebe, es war einmal dein Zuhaus?

Kriemhild: Ja, was für ein Haus! Ohne Gedanken! Ohne Mut! Ohne Liebe! Morgen geht das hier alles unter! Lass es uns nehmen, lass es uns abreißen und neu errichten! Spreng diese Mauern! Ich habe hier mein ganzes Leben Eisen und Zitate gefressen, aber jetzt! Jetzt lass uns da unten die kalten Säulen auswechseln und überall richtige Menschen hinstellen!

Siegfried: Kriemhild, ich bin müde. Ich muss nach Xanten. Was für kalte Säulen auswechseln? Ich will mit dir leben. Weißt du, wie dicht und grün die Wälder in Xanten steh'n? Du wirst sehen, wir werden jagen. Es gibt Hirsche, die kannst du hier in Burgund aber lange suchen!

Kriemhild: Hirsche? Ich sprech von der Neuen Welt und du sprichst von Hirschen?!

Siegfried: Ja, in Xanten, da können wir auch regier'n! Wir reisen morgen!

Das rechte Fenster öffnet sich.

Gunther: *(mit dem Bett-Tuch)* Die Welt ist nun ins Maß gesetzt! So soll es sein! Ich brauch jetzt Luft! – Schwester, eine schöne Nacht. Hörst du die Lerchen rufen? Auch Brünhild hört sie nun.

Kriemhild: Ich will mein Erbe.

Siegfried: Du hast den Hort. Was willst du mehr?

Kriemhild: Was mir zusteht! Ich denk, ein Viertel aller Männer. Die Lerchen, die da rufen, ich kenne sie seit Vaters letztem Abend. Die Falken in den Lüften, die sind mir unersetzlich. Oder glaubt ihr, ich vergesse meine Träume? Den Turm dort oben, in dem ich wie viele Stunden weilte? Doch wie nimmt man Türme, Lerchen mit und Falken? Gunther, ein Viertel aller Männer. Und Hagen!

Siegfried: Ich weiß nicht, was sie will? Sie hat doch alles? Mit dem Hort kann ich ihr die ganze Welt kaufen!

Gunther: Ach, Siegfried, so ist das mit den Damen. Denk, als wir Brünhilds Reich verteilten. Wir Männer ziehen in die Schlacht und fragen nicht: Wo ist mein Porzellan und lieg ich nicht verkehrt in diesem Bette? Kriemhild, Schwester, nimm zweitausend Mann, das geht in Ordnung.

Kriemhild: Ich sagte: zweitausendfünfhundert Mann und Hagen!

Siegfried: Kriemhild, Liebste, was soll'n wir denn mit Hagen?

Kriemhild: Der kommt einfach mit! Der gehört mir!

Gunther: Hagen? Ja, nimm ihn mit, er ist ein alter Mann geworden. Pfleg ihn gut.

Hagen: *(steht vom Stuhl auf)* Verehrter König.

Gunther: – Was machst du denn da? Sitzt hier rum?!

Kriemhild: Geh schlafen, du kommst mit nach Xanten!

Hagen: König, ich gehe nicht nach Xanten. Ich bleibe hier.

Gunther: Was sagst du?

Kriemhild: Nach Xanten kommst du!

Hagen: Nein. Ich bleib hier sitzen. Ich setz mich wieder.

Gunther: Hagen!

Siegfried: Dann lasst doch den Alten.

Kriemhild: Nein. Er kommt mit nach Xanten! *(Schließt das Fenster)*

Gunther: Hagen, hörst du?

Hagen: Nein, ich höre nichts. – Seit über sechzig Jahren, König, leb ich hier. Sah Euch als Knaben wachsen, und Kriemhild. Euch hielt ich, kaum ward Ihr auf der Welt, in meinen Armen. *(Steht auf)* Wie viele Schlachten hab ich geschlagen, um diese Mauern hier zu schützen, die ich liebe? Seht diese Schuhe!

(Gunther schließt ebenfalls das Fenster)

Ich trug sie schon, als Euer Vater mich an diesen Hofe rief. Hier! Würd ich sie jetzt einfach jemand anders geben? Haben sich nicht diese Schuhe in all den Zeiten gewöhnt an ihren Herrn? Hat sich nicht jede Wölbung angepasst in langen Jahren? Und jetzt soll'n sie plötzlich einen anderen schützen? *(Steht mit den Schuhen unter den geschlossenen Fenstern)* König, das hier ist mein Leben! Ich bin kein Hund, den man weggibt, weil er nicht mehr beißen kann. *(Er kämpft mit den Tränen)* Ihr habt nicht das Recht, mich irgendjemandem auf dieser Welt zu übergeben! *(Geht, die Schuhe tragend, in Richtung seiner Kammer. Bleibt stehen)* Das Recht habt Ihr nicht. Hab ich jemals Dank verlangt für meine Dienste? Nein, denn Treue will nicht Dank. Ich geh nicht weg.

Er weint. Er geht ab.

2. AKT

1. SZENE

Worms. Die Burg. Zehn Jahre sind vergangen. Der Bote läuft ein.

Der Bote: Burgunder! Hört! Komm grad aus Holland! – Hallo? – Ist denn hier niemand? Hallo?! *(Bläst ins Horn)*

Ein Burgfenster geht auf.

Der Burgwächter: *(guckt heraus)* Was bläst Er in sein Horn?! Die Burgunder ruhen! Sei Er still! Ich bin der Burgwächter!

Der Bote: Burgwächter, ich bin der Bote! Kennt Er ihn denn nicht mehr?

Der Burgwächter: Ei, wer ist denn da?

Der Bote: Hans, der Bote!

Der Burgwächter: Ja, freilich, kennt er ihn noch! Hans, der Bote! Und lebt seitdem in Holland bei den Nibelungen!

Der Bote: Ja, ein schönes Land, aber es ist auch schön, mal wieder hier zu sein! Hat sich gar nichts verändert! *(Läuft mitten auf den Platz)* Burgwächter, alter Freund! Weißt du noch, wie wir hier, genau an dieser Stelle, berichteten vom großen Sieg?

Der Burgwächter: Ja, er weiß es noch, als sei es heute!

Der Bote: *(stellt sich wie damals auf)* Sein erster Satz, der lautete: «Burgunder! Komm grad aus Sachsen und sag es gleich: Siegfried war ein Held!»

Der Burgwächter: Ja, das war'n noch Zeiten! Nun ist's in all den Jahren hier etwas still geworden.

Der Bote: Wie geht's der Königin?

Der Burgwächter: Wie umgewandelt! Der Güte Sanftheit selbst!

Der Bote: «Der Güte Sanftheit selbst.» Mir scheint, Er hat in der Zwischenzeit viel gelesen? Er spricht so anders.

Der Burgwächter: Es ist ja nichts passiert. Was soll er machen? Doch sage nun: Hab lang nicht mehr ins Horn geblasen. Kommt Er denn als Bote?

Der Bote: Mensch, das hätt Er fast vergessen! Kriemhild und Siegfried sind in Kürze vor den Toren!

Der Burgwächter: Was? Vor den Toren?!

Der Bote: Ja, weiß Er denn nichts vom Besuche?

Der Burgwächter: Besuche? Hier in Worms?!

Der Bote: Ja, wo denn sonst?! Ich seh schon, Er ist immer noch der Alte! *(Bläst ins Horn. Stellt sich auf)* Burgunder! Hier spricht der Bote! Der König der Nibelungen, und die wohl bekannte Kriemhild.

Kriemhild: Vor den Toren!

Beide blasen ins Horn. Der Platz füllt sich. Gunther und Brünhild mit ihrem Sohn, Giselher, Gernot, Hagen und die anderen kommen aus der Burg. Dann reiten Siegfried und Kriemhild mit ihrem Sohn ein. Hinter ihnen Nibelungen, sie sind den Burgundern in der Anzahl überlegen. Brünhild, älter geworden und im Gang nicht mehr so stolz wie früher, geht auf Kriemhild zu. Hält ihr die Zügel. Kriemhild steigt vom Pferd. Sie, noch immer schön, genießt den Jubel, der ihr zufällt, sichtlich. Beide Frauen umarmen und küssen sich.

Brünhild: Willkommen, du schöne Frau. Wie oft träumte ich von dir! *(Streicht ihr durch das Haar)* Ich sagte mal, dies Haar sei Gold, doch ich glaub, du bist die Sonne.

Kriemhild: Sie lacht und strahlt und wird, du Wunderbare, ja selbst geblendet! *(Küsst sie auf den Mund und streicht ihr über die Brust)* Und was, wenn die Sonne ein Mann geworden wäre?

Brünhild: Nicht eine Falte. Wie viel sind bei Euch zehn Jahre?

Kriemhild: Es war so langweilig, und manchmal wusst ich gar nicht, was ich ohne dich machen sollte. Ich habe die ganze Zeit Hirschragout gegessen. Denk, welche neue Welt wir einmal gründen wollten!

Brünhild: Bist du gewachsen, Liebe?

Kriemhild: Du denkst dies, weil ich nun Mutter bin, wie du. Sohn! Geh und begrüße deinen kleinen Freund dort drüben!

Der junge Gunther, Kriemhilds Sohn, geht auf Brünhilds Sohn, den jungen Siegfried, zu. Sie schauen sich an. Sie fechten. Plötzlich lässt der kleine Siegfried sein Schwert fallen und schreit. Hagen eilt zu ihm. Beginnt den stark blutenden Jungen mit Tüchern zu verbinden.

Gunther: Na, ganz der Vater, was? Mein Lieber! Lass dich sehen! *(Umarmt Siegfried)*

Siegfried: Hat sich ja gar nichts verändert, König!

Gunther: Sag nicht mehr König, König bist du selber. Ich bin dein Schwager. Wie laufen die Geschäfte? Meine Armee ist in der Ernte. Sindold, bringt die beste Rebe!

Brünhild: Gunther, unser Sohn blutet doch etwas stärker.

Kriemhild: Gott, ist mir das peinlich. Kind, komm hierher! *(Nimmt ihm das Schwert weg)* Ich sagt ihm gestern, dass er wie sein Vater eigentlich auch über dieses Land einmal verfügen könnte. Ja, sollte! Die Armee ist also in der Ernte?

Hagen gehen die Tücher aus. Giselher und Gernot helfen den Jungen zu verbinden.

Hagen: *(überall Blut an den Fingern)* Mein Junge, das stärkt am Ende nur den Charakter. Die Narbe wird er nun als Datum tragen eines, ich will doch meinen, großen Tages. *(Er umarmt Kriemhild, ohne sie mit den Händen zu besudeln)*

Gernot und Giselher gehen die Tücher aus. Andere helfen.

Hagen: *(verneigt sich vor Siegfried)* Schön, Euch zu sehen. Ich hab für alle eine Messe einberufen zum Empfang. Bitte.

Kriemhild: Eine Messe, Hagen! *(Küsst ihn)* Du weißt, wie ich die Messe liebe. *(Läuft auf Giselher zu)* Und jetzt endlich zum liebsten Kuss. – So groß geworden? Was macht unser Buch, du schöner Mann?

Giselher: Oh, die burgundische Rundumerneuerung! Du warst damals so mit den Unterröcken beschäftigt, aber lass uns doch weiterschreiben! Ich glaube, wir waren bei Satz zwei: «In ein paar Jahren, wenn unsere Kinder einmal von diesem Turm blicken werden, dann werden sie da unten Menschen sehen, keine Eisensäulen – Menschen, die füreinander Augen haben, sich berühren …» Wie ging es weiter?

Kriemhild: *(zu Gernot)* Na, und du? Keine Zitate heute? Sind die Griechen alle tot?

Gernot: Danke. Hast du vielleicht noch Taschentücher?

Glocken läuten. Brünhild, auch ihren Sohn mit Tüchern bearbeitend, geht nun mit ihm auf die Tür der Domkapelle zu. Kriemhild folgt.

Kriemhild: Brünhild, liebe? Es gibt so Gewohnheiten, und ich ging schon als Kind immer als Erste in die Messe. Darf ich? *(Stellt sich vor sie)*

Brünhild: Liebe Kriemhild. Hier ist es nun mal Sitte, dass zuerst die Königin den Dom betritt. Darf ich? *(Stellt sich mit ihrem Sohn vor sie)*

Kriemhild: Brünhild, liebe. Ich habe schon diesen Dom zu Gott betreten, da hast du noch auf Island den Nebel betrachtet. Das ist, wie soll ich sagen, mein Dom! Darf ich? *(Stellt sich vor sie)*

Brünhild: Siegfried? Nimmst du bitte mein Kind und gehst mit ihm ein bisschen spazieren. Hier! *(Winkt ihn her)*

Kriemhild: Schöne Freundin, ich würde gern mit meinem Mann zusammen in die Messe gehen. Siegfried, lass das Kind! Komm hierher. *(Winkt ihn her)* Brünhild, hast du denn keine Diener, die das machen?

Brünhild: Siegfried ist unser bester Diener, Liebe. Und ich seh ihn gern mit meinem Kind. *(Winkt ihn her)* Siegfried!

Kriemhild: Das wird aber nicht geschehen. Siegfried, kommst du bitte sofort in die Messe!

Hagen: Meine Damen, wir spielen heute ein neues Oratorium aus Rom! Es beginnt mit Harfen, dann folgen …

Brünhild: Hinter mir bitte, ja? Weißt du, wer du bist? Du kannst doch nicht vor der Frau des Königs in die Messe gehen? *(Stellt sich vor sie)*

Hagen: Nach den Harfen, meine Damen, wird heut die neue Orgel aus Finnland eingeweiht.

Kriemhild: Und ob ich das kann. Siegfried ist nicht Euer Diener. Er steht über allem. Wie ein Stern am Himmel. Weg da!

Brünhild: Stehen bleiben! Gibt ja auch noch andere Sterne! Gunther! Sag mal, hat eigentlich die Frau unseres Dieners, ein Recht, vor der Königin in die Messe zu gehen?

Kriemhild: Aha, Ihr sagt also weiter «Diener»?! Immer wieder «Diener, Diener»?!

Brünhild: Ja, sage ich!

Giselher: Scheiße, geht das schon wieder los?

Kriemhild: Nimm's zurück!

Brünhild: Diener ist Diener! Verstanden? Oder soll ich dir nochmal erklären, wie das auf Isenstein mit den Zügeln war?! Siegfried sagte selber: «Ich bin sein Diener.»

Gunther: Brünhild, bitte, wir sind hier gerade ...

Kriemhild: So! Lakaien! Bringt Kisten von dem Hort! Los! *(Vier Diener tragen ihr eine Kiste zu)*

Hagen: Meine Damen! Bitte!

Die Mutter Ute: *(alt und grau am Fenster)* Wieso hat denn Hagen nicht die Zügel auf Isenstein gehalten?

Sindold: Also hier: Hier habe ich einen herrlichen Spätburgunder!

Kriemhild: Da wollen wir doch mal sehen! Aufmachen! *(Die Kiste wird geöffnet. Kriemhild greift hinein)* Da! Hier! Schon mal so einen reichen Diener gesehen?! Da! *(Schmeißt ihr das Gold vor die Füße und immer mehr)* Da! Da! Schenk ich Euch! Da!

Brünhild: Mein Gott, seht, das Kind ist krank geworden! Siegfried! Herkommen! Schmeiß das Zeug dort in den Brunnen! Wegräumen!

Kriemhild: Der räumt hier gar nichts weg! *(Schmeißt die Schätze quer über den Platz)* Da! So! Da!

Brünhild: Diener ist Diener!

Kriemhild: Gut. Gut! Jetzt höre! – Und wie wird dann die ... die ... die Hure eines Dieners Königin?! Wie?!

Brünhild: – Wie bitte? Was redet sie?

Siegfried: Kriemhild!

Hagen: Kriemhild, ich werde jetzt von der Orgel sprechen, ist das klar?

Kriemhild: Nein. Ich spreche jetzt von der Hure da!

Brünhild: Gunther, sperr diese kranke Frau weg.

Kriemhild: Der ist aber leider ein Schwächling, dein Mann, ein so kleiner, schwacher König, den man nachts an Fahnenstangen hängt, nicht wahr, mein Brüderchen?

Die Burgunder ziehen ihre Schwerter, die Nibelungen gehen in Bereitschaft. Hagen hebt die Hand.

Kriemhild: *(ruft zu Gunther)* Nicht du hast als Erster mit dieser Hure geschlafen, sondern der da! Der starke, schöne «Diener» da! Mit den «blauen Augen»!

Brünhild: – – Gunther? Was sagt sie? – Ohne Beweise, du Lügnerin, könnt ich dich töten lassen.

Die Nibelungen ziehen ihre Schwerter.

Siegfried: Wachen, es ist gut!

Kriemhild: Beweise? Beweise?! Da! Brünhild, na! Was ist das hier? *(Hebt ihr Kleid. Zeigt Brünhilds Gürtel auf entblößtem Körper)* – Schon mal gesehen? – Seht, Burgunder, da! Ich trage Brünhilds Gürtel! Mein Mann gab ihn mir!

Gunther: *(erbleicht)* – Siegfried, was ist das?

Siegfried eilt auf seine Frau zu.

Kriemhild: Das muss ja eine Nacht gewesen sein! Erst schlief er mit mir, dann mit ihr, dann durfte mein Bruder mal, danach er wieder mit mir …

Siegfried schlägt auf sie, den Hof vergessend, ein.

Hagen: Lasst den Hof entfernen! Leute, geht nach Hause!

Kriemhild: *(weint)* Hure! Hure! Weg da! Nutte! So bist du doch nie … nie nie wieder genommen worden! *(Lässt die Schläge auf sich niedergehen)* Nimm sie! Reiß sie an dich! Nimm, komm. *(Am Boden)* – Los, komm, jetzt. Das Land ist krank. – Krank. Komm.

Brünhild: Siegfried. – Wohin? – *(Sie rennt in die Burg)*

Hagen folgt ihr.

Kriemhild: Schaut mich nicht so an! – Ihr seht nur Euch! – *(Kriecht, läuft blutend in die Messe)*

Siegfried geht mit Gunther zügig in die Burg. Die anderen laufen umher und wissen nicht, was sie machen sollen. Giselher und Gernot treiben alle, Burgunder und Nibelungen, in die Messe. Jetzt ist es still.

Der kleine Siegfried, verbunden mit all den Tüchern, steht allein und weinend auf dem Platz.

2. SZENE

Schlafgemach. Brünhild mit Papieren auf einem Stuhl. Gunther ruhend.

Brünhild: Die Armee ist seit fünf Wochen in der Ernte. Warum? Was macht sie dort so lange?

Gunther: Langweilst du dich, Brünhild? Leg die Berichte weg und geh spazieren.

Brünhild: Das Korn für den Winter war sonst immer im September in den Kammern. Sindold schreibt, die ersten Trauben waren schon im Juli reif.

Gunther: Früher hat sie die ganze Welt bewegt, heut denkt sie an Trauben. Brünhild, morgen geb ich Anweisungen und übermorgen ist die Armee hier. Gibt es denn keinen Damenball heute?

Hagen, Gernot, Giselher, Ortwin von Metz, Sindold und Hunold.

Alle: Guten Morgen!

Gunther: Ihr steht im Schlafzimmer, meine Herren.

Brünhild: Schon gut. Wie lautet der Rat für Euren König heute?

Hagen: Töten. Siegfried.

Brünhild: Warum?

Hagen: Ich denke an die Ehre meiner Königin. Was soll ich lange reden?

Brünhild: Gernot?

Gernot: Töten.

Brünhild: Warum?

Gernot: Denk ich an die Ehre meiner Königin.

Brünhild: Ortwin?

Ortwin von Metz: Töten. Abstechen!

Brünhild: Warum?

Ortwin von Metz: Denk ich an die Ehre meiner Königin.

Brünhild: Giselher!

Giselher: Seid ihr des Wahnsinns? Wie redet ihr? Habt ihr vergessen, was er tat für uns? – Gunther, Ihr wisst es doch?

Brünhild: Hagen!

Hagen: Töten.

Brünhild: Warum.

Hagen: Denkt an den Hort, der uns, Burgunder, reicher macht als Rom.

Brünhild: Gernot.

Gernot: Töten.

Brünhild: Warum.

Gernot: Denk ich an den Hort, der uns, Burgunder, reicher macht als Rom.

Brünhild: Ortwin.

Ortwin von Metz: Töten. Durchbohren! Aufspießen!

Brünhild: Giselher!

Giselher: Hört auf! Hört auf! Als wir in Sachsen war'n und Seit' an Seite kämpften, wer war es, der mir, als ich am Boden lag, das Schwert des Feindes von der Kehle schlug? – Gernot? – Hagen?! Das wird doch wohl noch jemand wissen, oder?!

Hagen: Gernot!

Gernot: Töten.

Hagen: Ortwin.

Ortwin von Metz: Töten. Abschlachten, in Stücke schneiden! Holländer!

Hagen: Hunold.

Giselher: Gernot, ich hab geseh'n, wie er den Pfeil, der deinem Rücken galt, seinen Schild wie ein Engel entgegenhielt! Und da sagst du töten?! Da sagst du töten?! Was ist denn los?! Wach auf! *(Reißt an ihm)* Wach endlich auf!

Brünhild: Hagen!

Hagen: Töten. Ortwin.

Ortwin von Metz: Töten. Gernot.

Giselher: Hagen, Hagen!? Auch du weißt es und wärst längst selber tot! Und sagst jetzt töten?! Mensch, wacht doch auf! Warum denn töten?! Weil Frauen Frauen sind?! Das darf doch wohl nicht wahr sein!

Brünhild: Hagen!

Hagen: Töten. Hunold.

Hunold: – Ich weiß nicht.

Hagen: Sindold!

Sindold: Töten.

Hagen: Gernot.

Gernot: Töten. Hunold.

Hagen: Hunold!

Hunold: Tö... töten. Warum?

Hagen: Ortwin. Warum.

Ortwin von Metz: Töten. Warum. Gernot.

Giselher: Hör auf! *(Schlägt auf Ortwin von Metz ein)* Hör doch auf! Halt endlich die Fresse, du! Aufhören! *(Rennt weg)*

Hagen: König.

Gernot: König.

Brünhild: König!

Gunther: Ja. Ja. Ja! – Was guckt ihr mich so an? Natürlich töten! Lasst mich allein! Raus! Alle weg! Natürlich töten! Aber wie?! Wie denn? Drachenblut! Im Drachenblut gebadet! Wie denn, Hagen?!

Hagen: Das Lindenblatt. Kriemhild weiß die Stelle. König, wir brauchen eine neue Sachsenschlacht.

Gunther: Wie? Was?! Viel zu teuer!

Hagen: Theater. König, Theater!

Gunther: Raus jetzt! – Raus! Ruhe!

Alle ab.

3. SZENE

Unter einem Baum. Kriemhild auf ihrer Kinderschaukel. Im Hintergrund probiert die Armee eilig Kostüme für die Sachsenschlacht. Kriemhild spielt mit den Füßen lustlos im Schmuck. Hagen tritt hinter sie.

Kriemhild: Hagen, komm näher! Geht es dir gut?
Hagen: Ein schwerer Tag. Dem Land droht erneut Gefahr.
Kriemhild: Seht! *(Hält ihm eine geschmiedete Pflanze hin)*
Hagen: Was ist das für eine interessante Pflanze, so ganz aus Gold?
Kriemhild: Es heißt, wer sie besitzt, kann die Weltherrschaft erlangen.
Hagen: Was man nicht alles sagt. *(Beginnt sie zu schaukeln)*

Nach einer Weile.

Kriemhild: Hagen?
Hagen: Königin?
Kriemhild: Höher. Stärker. Wie früher!
Hagen: Gern, mein Kind. *(Schaukelt sie höher)*
Kriemhild: Hagen, Hagen!
Hagen: Ja, ich kann dich hören.
Kriemhild: Hagen, ich habe Angst. Er ist verwundbar! Du weißt, man kann ihn treffen?
Hagen: Ja, ich weiß, ich weiß.
Kriemhild: Hagen, höher! Stärker! Hab ich nicht Grund, zu glauben …? Kennst du den Traum vom Falken?
Hagen: Der schöne Vogel wird zerhackt? Ich glaub, Ihr sagtet, man hätte ihn zerrissen?
Kriemhild: Hagen! Wir kennen uns seit meinen ersten Stunden, du bist der zweite Mensch … Höher! Hoch bis zu den Spitzen! – Du bist der zweite Mensch auf dieser Erde, den ich sah – so hoch! Ja! Jetzt lassen! – Mein lieber Hagen, wie oft hast du mich geschaukelt und jetzt willst du wissen, wo?
Hagen: Na, hier unter dem Lindenbaum, Kriemhildchen, ich weiß es noch, es war ja oft genug.

Kriemhild: Hagen, nein! Nicht, wo du mich geschaukelt hast, sondern wo er verwundbar ist! Oder glaubst du denn, ich denk in meiner Angst ans Schaukeln?! Nein, nein, nein, ich verrat es lieber nie!

Hagen: Königin, ich muss es endlich sagen: Es ist Krieg! Die Sachsen sind im Anmarsch, und ich denke, Euer Siegfried …

Kriemhild: Die Sachsen!? Die Sachsen liegen ihm! Er kämpft so gerne Mann auf Mann, aber niemals kämpfte er mit Weitsicht! Hagen, die Sachsen haben bestimmt neue, junge Kämpfer. Mein Gott, könntest du ihn schützen?! Die stürzen sich doch zu Hunderten auf ihn! Er sagte mir, er würde in Zukunft nur noch im Hemd kämpfen! Im Hemd!

Hagen: Warum nicht im Hemd? Er ist unverwundbar!

Kriemhild: Nein! Nein! Du musst ihn schützen, nein!

Hagen: Gerne, gerne! Aber wie?

Kriemhild: Ich liebe ihn wie mein Leben, und wir, mein Hagen, wir kennen uns seit meinen ersten Stunden. Seid Ihr sicher, es kommt Krieg?

Hagen: Ja. Krieg.

Kriemhild: Krieg. *(Springt im Fluge von der Schaukel)* – Das Lindenblatt war so groß, wie die, die immer neben der Schaukel lagen. *(Hebt ein Blatt vom Boden)* Er badete im Blut, doch es fiel genau hierhin. Hier ist er Mensch, wie jeder andere auch. – Hier!

Hagen: Ah, genau zwischen den Schulterblättern. Blöde Stelle. Näht bitte ein Kreuz auf sein Hemd, damit ich im Kampf, wenn wir Seit' an Seite steh'n, immer genau weiß, wo. Ihr könnt doch nähen?

Kriemhild: Hagen?

Hagen: Königin?

Kriemhild: Das ist sehr ehrenvoll von Euch.

Hagen: Liebe, wir kennen uns seit deinen ersten Stunden! Komm! Eile, Tempo! Es naht Krieg! *(Beide ab)*

Die Schaukel pendelt am Lindenbaum hin und her.

4. SZENE

Hagen mit Ortwin von Metz, Sindold und Hunold.

Hagen: Ortwin! Die Armee in Bereitschaft setzen! Hunold, Sindold, kommt her! Setzt diese Helme auf! Schließt die Visiere! Ihr wisst, was zu tun ist!
Hunold: Ich bin dagegen. Das ist Verrat.
Hagen: Sei ruhig! Ihr kommt von dort! Es geht los! *(Schickt sie weg)* Tempo! Tempo! *(Läuft ab)*

Stille. Plötzlich zwei Reiter mit geschlossenen Visieren. Einer bläst ins Horn.

Burgwächter: *(sein Fenster aufreißend)* Wer seid ihr?! So vermummt in einem freien Land?!
Sindold, verkleidet als Sachse: «Der Feind!»
Burgwächter: Burgund kennt keine Feinde!
Sindold, verkleidet als Sachse: «Doch! Lasst uns vor zu Eurem König!»

Der Burgwächter bläst ins Horn. Gunther, Gernot, Hagen und Ortwin von Metz laufen auf den Platz.

Gernot: «Burgwächter, was ist los?! Ihr blast die Kriegsfanfare! La fanfare de la guerre, wie der Franzose sagt!»
Burgwächter: Seht, dort!
Hagen: «Wer seid denn Ihr?!»
Sindold, verkleidet als Sachse: «Die Sachsen!»
Hagen: Lauter!
Sindold, verkleidet als Sachse: «Die Sachsen!!» *(Bläst ins Horn)*

Siegfried eilt auf den Platz.

Siegfried: Was ist denn das für ein Lärm hier? Das sind doch Kriegsfanfaren!
Sindold, verkleidet als Sachse: «König! Hört! Sachsen droht mit Krieg! Wir stehen zwei Tage vor Burgund! Ihr Kapitalisten!»

Hagen: «Wir haben Euch schon besiegt!»

Sindold, verkleidet als Sachse: «Dann müsst Ihr uns noch einmal besiegen, wenn Ihr könnt!»

Siegfried: Was sagt er? Die Sachsen? Schon wieder?! Das gibt's doch gar nicht! Ihr undankbares Pack! Haben wir Euch nicht begnadigt und beschenkt?!

Sindold, verkleidet als Sachse: – «Wir werden jetzt Geschichte machen! Wir werden kämpfen! Denn Ihr seid alt geworden, Siegfried!»

Siegfried: – Ich hab mich wohl verhört? *(Wendet sich an den anderen)* Entschuldigung, was hat er gesagt?

Hunold, verkleidet als Sachse: Er sagte: «Wir werden kämpfen. Denn Ihr seid alt geworden, lieber Siegfried.»

Siegfried entreißt Hunold das Schwert und durchbohrt ihn. – –

Siegfried: Ich geh mich umziehen. *(Ab)*

Alle starren auf den sterbenden Hunold. – Er kriecht noch langsam vor die Füße Gunthers. Versucht, sich an den Beinen Gunthers hochzuziehen.

Sindold: *(reißt sein Visier hoch)* Das ist doch Wahnsinn! Das ist Selbstmord!

Hagen: Schweig!

Gunther: Hunold, hör auf. Lass das. Loslassen. Weg.

Hagen: Hunold, tut mir Leid. *(Gibt ihm den Gnadenstoß)* – Ja, was starrt Ihr mich so an? Ich sag, der Plan ist gut und denkt, um was es geht!

Sindold: Hört auf! König, er bringt uns alle um!

Siegfried rennt auf den Platz. Mit seinem Schwert und in Eisen und einem Hemd mit groß genähtem Kreuz darauf. Sindold reißt sein Visier herunter.

Siegfried: Ich bin fertig! Ich kämpf im Hemd!

Fanfaren. Die Armee zieht ein und stellt sich rechts und links des Platzes mit Sachsens Fahnen auf. Giselher läuft mitten auf den Platz.

Giselher: Hört auf! Aufhören! Siegfried, das ist eine Falle, pass auf, die haben dich ... *(Wird von einem falschen Sachsen angegriffen)* – Hau ab! Nimm dein Scheißschwert weg! Siegfried! Pass auf. Die haben dich ...

Sie kämpfen.

Ortwin von Metz: Geht dazwischen! Schnell!

Armee stürzt sich auf Giselher und zieht ihn quer über den Platz.

Giselher: Lasst mich los! Ihr Schweine! Loslassen! Siegfried, lauf weg, lauf weg ... *(Ab)*

Fanfaren.

Siegfried: Ich mach´s wie früher. Wer ist der Erste? *(Zieht sein Schwert und geht auf Sindold los)*

Sie kämpfen. Hagen aus dem Hinterhalt nähert sich Siegfried mit dem Schwert.

Kriemhild: Siegfried, nein! Weg! Weg!

Sindold geht zu Boden. Hagen jetzt im Rücken Siegfrieds.

Sindold, verkleidet als Sachse: *(in wirklicher Todesangst)* Ich gebe auf! Ihr habt gesiegt! *(Reist sein Visier hoch)* Siegfried, ich bin´s! War doch nur Spaß!

Siegfried: *(starrt ihn an)* Sindold? Du ... Was ... ?
Kriemhild: Nein! Weg! Weg!

Hagen stößt Siegfried das Schwert durch das Kreuz in den Rücken.

Stille.

Er steht so da. Er starrt Hagen an. Er starrt Gunther an. Er schaut hoch zu Kriemhild.

Siegfried: – Sag mir, dass ich träume. – –

Kriemhild bricht zusammen. Brünhild verlässt den Balkon.

Siegfried: – Kriemhild, wo bist du? – – *(Starrt Hagen, starrt Gunther an)* – Sagt doch mal was. Ich muss jetzt aufstehen. – Ich glaube, ich blute. Entschuldigung, ist das Blut, ja? – – Scheiße, ist das hier still.

Giselher läuft auf den Platz.

Giselher: Siegfried!

Siegfried: Giselher ... Giselher ... Was ... Was ist das hier, das tut so weh? *(Sinkt auf die Knie)* Giselher, das Morgenrot ... Wie war das noch?

Giselher weint.

Siegfried: Ich hör dich nicht. Sprich lauter. Wie das Morgenrot ... Es tut so weh. *(Spuckt Blut)* Wo ist denn der Balkon, Giselher? *(Erhebt sich)* – Hier ... Hier ... War hier die Stelle? Giselher, die Stelle?

Giselher steht vor ihm.

Siegfried: Es tut so weh, Prinzessin ... *(Sinkt auf die Stelle)* Giselher, hilf ... *(Spuckt Blut. Erhebt sich. Spuckt Blut. Bricht zusammen)* Ich muss aufsteh´n ...

Giselher greift sein Schwert.

Siegfried: Weißt du noch ... *(Streckt ihm die Arme entgegen)* Giselher ... Wie das Morgenrot ...

Giselher schließt die Augen. Stößt ihm das Schwert durch den Mund in den Kopf.

Siegfried ist tot. – Der Hof entfernt sich zügig. Giselher steht bewegungslos da. Dann rennt er weg. – – – Brünhild kommt aus der Burg. Sie geht auf Siegfried zu und beginnt, einen Kreis aus Feuer um ihn herum zu legen.

Kriemhild kommt mit einem Koffer, an der Hand ihr Kind. Die beiden Frauen sehen sich eine Weile an.

Kriemhild steht an der Schaukel und schaukelt ihren Sohn. Dann hebt sie die goldene Pflanze auf, nimmt den Koffer und geht, weg aus der Stadt.

Das Kind schaukelt hin und her, bis die Schaukel steht. Jetzt sitzt es alleine da.

3. AKT

1. SZENE

Die Burg König Etzels. Rechts und links, dahinter Steppe. Vor dem Burgtor Rüdiger von Bechelaren, dahinter ein bis zum Thron Etzels reichendes Spalier aus Männern mit Turbanen. Kriemhild kommt mit ihrem Koffer durch das Burgtor. Sie geht langsam durch das Spalier der Hunnen, die ihr Juwelen zuwerfen, auf König Etzel zu, der auf einem Diwan sitzt. Währenddessen die Stimme von Kriemhilds zweitem Sohn.

Die Stimme des Sohnes Ortliep: Als Siegfried gestorben war, erinnerte sich meine Mutter, dass im fernen Land der Hunnen ein mächtiger König war, der einmal um sie geworben hatte. Giselher, ihr treuer Bruder, hatte meiner Mutter den Rat gegeben: Willst du jemals wieder einen Gemahl an deiner Seite haben, und zwar den höchsten und reichsten, den es jetzt noch auf dieser Erde gibt, dann entscheide dich für diesen Herrn. Da zog sie über den Rhein in das Land der Hunnen.

Rüdiger von Bechelaren: Gott zum Gruße, schöne Frau! So wenig Gepäck?

Die Stimme des Sohnes Ortliep: Sie brachte nicht viel mit. Hagen von Tronje hatte ihr den Schatz der Nibelungen weggenommen, weil er fürchtete, meine Mutter würde sich damit eine Streitmacht kaufen und gegen die Mörder ihres Mannes einen Krieg beginnen. Das war schlau, doch meine Mutter, sie war schlauer. Rüdiger von Bechelaren hatte geschworen, dass ihr König Etzel so viel Gold schenken würde, dass man es im Leben niemals aufbrauchen könnte. Und so war es. Meine Mutter kam zu den Hunnen, verteilte den Rest, der ihr vom Schatz der Nibelungen geblieben war, und bestieg den Thron. Dann verteilte sie das Gold ihres Mannes und Kleider, Silber und Edelgestein und gewann damit so viel Ansehen bei den Hunnen, dass ihr jeder zu jeder Zeit gerne diente und Treue schwor. Sieben Jahre später, nachdem meine Mutter das Land der Burgunden verlassen hatte, wurde ich geboren. Sie nannten mich Ortliep. Guten Tag. Über alle Länder meines Vaters breitete sich Freude aus.

Kriemhild hat den Diwan erreicht und sitzt neben Etzel. Ein Junge kommt aus der Burg und setzt sich zu Füßen seiner Eltern.

Etzel: Von der Rhône bis zum Rhein, von der Elbe bis zum Meer, wie viele Länder hab ich besiegt und eingenommen in all den Jahren? Wie viele große Männer hab ich mit dieser Hand in den Staub geworfen? Theoderich, den König der Goten, auf den Katalaunischen Feldern! Istvan, den großen Ungarn! Oder Liudeger, den Sachsen. Die sind jetzt alle tributpflichtig! Liebe, nenn mir ein Land, das uns nicht dient und Treue schwor: Österreich, Bayern, Polen, Kiew, Gallien, Ostrom, Westrom, Konstantinopel …

Kriemhild: Burgund! Die Burgunder dienen nicht!

Etzel: Ja, die Deinen. Sollten sie uns jemals dienen? Nein, denn nie wieder, liebe Kriemhild, will ich mir irgendwen auf dieser Welt unterwerfen. Ich führe keine Kriege mehr.

Kriemhild: Wie bitte? Ist das dein Ernst?!

Etzel: Ja, von nun an will ich nichts mehr erobern. Macht und Ruhm, es interessiert mich nicht, das war einmal, denn du erfülltest mir den letzten Wunsch, der mir auf Erden noch geblieben war. Sieh doch, dieses junge Leben! Und wie es jeden Tag ein neues Stück der Welt erkundet. Ist das nicht Eroberung genug?

Kriemhild: Immer, immer, Ortliep, was?

Etzel: Heute Morgen hat er mit dem Säbel diese Gans besiegt. *(Zeigt einen Säbel mit einer aufgespießten Gans)* Ich wollt ihn eigentlich jetzt zur Rede stellen, aber kann ich das? Sieht er nicht täglich bei uns Kampfturniere Mann auf Mann? Der Küchenmeister sagte, die Gans habe meinen Sohn im Gehege angegriffen. Vorbildlich habe er zur Gans gesagt, er sei kein Feind, kein Gallier und kein Römer, sondern, wie sie, ein Hunne, aber wenn sie unbedingt wolle, so solle sie die Waffen wählen, sie aber fauchte los – so eine Gans kann ja auch einem neuen Erdenbürger wirklich Furcht einflößen – und dann …

Kriemhild: Schon gut, schon gut. Mein lieber Mann. *(Sie streichelt beide)* Wisst ihr, ich denk in letzter Zeit so viel an die Verwandten. Wie geht es meinen Brüdern? Lebt meine Mutter noch? Wie sieht jetzt wohl Giselher aus? Oh, ich würd ihn so gern sehen! Noch nie haben sie mich besucht, und ich hörte, man würde bei den Burgunden sagen, ich sei heimatlos geworden. Bin ich das? Ich würde meinen Verwandten gerne zeigen, wie ich lebe! Welchen Reichtum ihre Schwester hier besitzt! Wie das hier alles strahlt! Und was für schöne Feste man hier feiert!

Etzel: Na, dann laden wir sie doch einfach ein! Was meint Ihr, treuer Rüdiger?

Rüdiger von Bechelaren: Wunderbar! Ihr ladet sie einfach ein! Gott zum Gruße, liebe Burgunder. Und ich werde hier an Ort und Stelle meine Tochter Dietlinde dem jungen Giselher näher bringen. Er hat beim letzten Besuch bei mir in Österreich ein Aug auf sie geworfen!

Kriemhild: Dietlinde? Die ist doch stumm? Mein Bruder sieht jetzt stummen Österreicherinnen nach?

Rüdiger von Bechelaren: Ja, ja, doch, doch. Hagen hat es geraten. Warum nicht?

Etzel: Ich dachte immer, das wär denen zu weit, aber wenn du glaubst, sie kommen, dann laden wir sie alle ein. – Ruft die Boten! Fragt Dietrich von Bern, wie er darüber denkt. Ihr wisst, wie ich seine Meinung schätze. – Mich würde ja auch sehr interessieren, wie deine Verwandten aussehen. Was hältst du von der nächsten Sonnenwende?

Kriemhild: Gut. Schönes Wetter!

Die Boten Wärbel und Swemmel.

Etzel: Wärbel, Swemmel, hierher! Hört: Ihr sagt den Ankleidern, ihr braucht die besten und teuersten Kostüme. Verstanden? Dann reitet Ihr ohne Pause in das Land der Burgunden. Dort angekommen, sagt Ihr, wer Ihr seid, und dass ich die Verwandten meiner Frau herzlich hierher in meine Länder einlade zur Sonnenwende. Ihr sagt: Ich habe noch niemals liebere Gäste bei mir geseh'n! Sagt auch schöne Grüße von Dietrich von Bern!

Kriemhild: Boten! Ich mache Euch reich, wenn Ihr das tut, was ich euch sage: Ihr sagt, wenn jemand fragt, dass ihr Kriemhild auf keinen Fall jemals betrübt gesehen habt. Und jetzt hört zu: Falls Hagen von Tronje in Worms bleiben will, dann fragt, wer sie denn sonst durch die Länder hierher führen soll. Nur Hagen kennt die Wege hierher ins Hunnenland. *(Schüttet ihnen Juwelen in die Mützen)* Rüdiger, schwört Ihr mir Treue?

Rüdiger von Bechelaren: – Natürlich. Natürlich. Ihr seid meine Königin.

Kriemhild: Schwört!

Etzel: Auf jetzt! Reitet! Ihr kommt zurück mit guten Botschaften!

Wärbel und Swemmel ab.

Etzel: Komm, mein Junge, wir bringen jetzt die Gans in die Küche und lassen sie uns zubereiten. Sein erster Sieg, der muss gefeiert werden! *(Lacht. Nimmt seinen Sohn bei der Hand)*

Sie gehen ab. Kriemhild geht geistesabwesend in die Burg.

Rüdiger von Bechelaren: Angenehme Mittagsruhe, Königin.

Der Hof der Hunnen leert sich.

2. SZENE

Auf der Steppe. Eine Stunde von Etzels Burg entfernt. Gunther, Gernot, Giselher und Hagen, Ortwin von Metz und Sindold.

Hagen: Haltet! Legt jetzt die Rüstung an.

Giselher: Hagen, wir müssen noch ein bisschen weiter. Die sind doch jetzt viel zu schwer.

Gernot: Wir müssen wirklich nicht in voller Rüstung durch die Steppe reisen, Hagen.

Hagen: Ich sag euch, legt die Rüstung an! Da vorne, das sind keine Freunde, die da warten! Wir laufen geradewegs in Kriemhilds Falle! Da steht Etzel, wenn ich daran erinnern darf! Und Dietrich von Bern! Wenn der auch nur halb so treu zu Etzel ist, wie ich zu euch, dann geht's uns schlecht, begreift Ihr das?

Giselher: Geht das schon wieder los?

Gernot: Kriemhild ist Königin, und sie empfängt uns mit off'nen Armen, sag ich. Seit Siegfried starb, sind dreizehn Jahr vergangen.

Giselher: Das haben wir doch schon alles durchgesprochen.

Ortwin von Metz: Eine Schwester ist eine Schwester! Ich schlage vor, wir reisen weiter.

Gernot: Er sagt es. Und noch etwas: Rüdiger, der Markgraf, und Dietrich von Bern, einst König der Goten: Hast du vergessen, was das für gute Freunde sind?

Sindold: Ich frage: Und reist man nicht besser in bayerischen Seiden als in verstaubten Eisen?

Gernot: Richtig, alles richtig.

Gunther: Auf, auf!

Hagen: Stopp. Seid ihr alle blind geworden? Macht doch die Augen auf! Habt ihr vergessen, was gestern an der Donau war? Die Meerfrauen, die ich sprach, sie prophezeiten: Keiner wird Burgund jemals wiederseh'n, außer der Kaplan! Und was tat ich?

Gunther: Du übergabst den Gottesmann mutwillig den Fluten. Wie unschön. Bei dem Hochwasser! Er hätte ertrinken können!

Hagen: Der ist aber nicht ertrunken! Der ist ja leider überhaupt nicht ertrunken! Der ist zurückgeschwommen, wie durch ein Wunder! Sagt, begreift ihr das? Da läuft was schief!

Sindold: Die Donau tobte! Wie hat er schwimmen können, König?

Gunther: Weiß ich doch nicht! Mit den Armen!?

Ortwin von Metz: Also, ich leg jetzt die Rüstung an, wenn er unbedingt will. Sonst kommen wir hier ja nie weiter.

Giselher: Hagen, du kannst auch hier bleiben, wenn du irgendwie – Angst haben solltest?

Gunther: Ja, Angst, Hagen? Wir können auch alleine feiern.

Hagen: Angst? Ich? Angst? Ja, was mache ich hier eigentlich? –

Glaubt ihr, ich denk dabei an mich? Glaubt ihr, ich halt mich zu jung fürs Sterben? Gunther, König, Jungs, es ist mir um euch, ich möcht euch leben seh'n, nicht sterben. Ihr sollt leben!

Giselher: *(nimmt ihn in den Arm)* Mein lieber Hagen, wir sterben nicht. Und trotzdem, wenn du willst, ziehen wir jetzt die Rüstung an. Okay?

Sie ziehen alle die Rüstung an.

Ortwin von Metz: Kann mir mal jemand den Brustpanzer dranmachen? Ich hab schon das Eisen an den Armen.

Sindold legt ihm den Brustpanzer an. Ortwin hält dessen Helm.

Gernot: *(zu Hagen)* Schlag mal hinten das Scharnier bitte zu.

Ortwin von Metz: Danke. Hier. Wieso denn den Kübelhelm? Ich trag die Sturmhaube.

Gunther: Mir fehlen Schrauben.

Hagen: König, ich habe genügend Schrauben in Reserve. Noch jemand Lederschnallen? *(Legt einen Sack mit Schrauben und Schnallen hin)*

Alle nehmen sich.

Sindold: Kübelhelme haben eine ausgezeichnete Luftzufuhr, Ortwin! – Darf ich Ihr Scharnier ölen, Gernot?

Giselher: Wisst ihr noch, wie Siegfried im Hemd kämpfen wollte? Allmählich begreif ich ihn. Ich hab gehört, ein gewisser Schmied namens Rudolph hat das Drahtziehen erfunden. Nächstes Jahr soll es Ringelpanzerhemden geben! Die sind mindestens zehn Kilo leichter als diese blöden Ketten! – Oh nein, ich hab meine Schienbeinschoner vergessen!

Hagen: Hier, nehmt meine, Giselher. *(Befestigt ihm seine eigenen Schienbeinschoner)*

Giselher: Ich freu mich so auf meine Schwester, Leute! Und wisst ihr, wer wahrscheinlich auch kommen wird? Dietlinde, die schöne Tochter Rüdigers! Freunde, mal ehrlich: Die wär doch was für mich?

Sindold: Eine Österreicherin?

Giselher: Ja, warum denn keine Österreicherin, du Kellner?! Setz erst mal deinen Scheißkübelhelm richtig auf!

Gernot: Giselher, er hat lediglich «Eine Österreicherin?» gesagt, das war doch keine Kritik. Außerdem ist sie ja stumm.

Gunther: Ruhe jetzt! Ich bin fertig. Wie weit seid ihr?

Ortwin von Metz: Seh ich gut aus?

Gernot: Ich glaube, alles sitzt.

Sindold: Wir können! *(Geht einen Schritt und verliert das Gleichgewicht)*

Hagen: Da entlang, meine Herren.

Gunther: Geht voraus. Wir folgen!

Sie gehen schleppend und Hagen folgend durch die Steppe. Die Abendsonne liegt rot auf ihren Rüstungen.

3. SZENE

Die Burg Etzels. Ein hunnischer Bote läuft auf den Platz. Er schießt einen Feuerpfeil in die Luft.

Hunnischer Bote: Jönnek a vendégek! Jönnek a vendégek!

Rüdiger von Bechelaren eilt ihm entgegen.

Rüdiger von Bechelaren: Wie bitte? Was? Bist du der Bote?!

Hunnischer Bote: Jönnek a vendégek! Jönnek a vendégek!

Rüdiger von Bechelaren: Übersetzer! Jönnek was?

Hunnischer Bote: A vendégek!

Rüdiger von Bechelaren: Kenn ich nicht! Übersetzer! Scheißeuropa!

Der Übersetzer stürzt auf den Hof zum hunnischen Boten.

Der Übersetzer: Mit akarsz jelenteni?

Hunnischer Bote: Jönnek a vendégek!
Der Übersetzer: Er sagt: Die Gäste kommen!
Rüdiger von Bechelaren: – König! Königin! Die Nibelungen kommen! Sie kommen!
Kriemhild: *(reißt das Fenster auf)* Alle? Hagen von Tronje auch?
Rüdiger von Bechelaren: *(zum Übersetzer)* Alle? Hagen von Tronje auch?!
Der Übersetzer: Mindenki? Hagene Tronje is?

Der hunnische Bote nickt.

Kriemhild: Ruft den Hof zusammen! Ich komme!

Der Hof beginnt sich zu füllen. Musikanten laufen ein. Schöne hunnische Mädchen stellen sich im Halbkreis um das Burgtor auf. Dietrich von Bern, vertriebener König der Goten und jetzt Statthalter Etzels für die Westgebiete, erscheint. Er wirkt unruhig. Er steht jetzt vor den Mädchen, zusammen mit Rüdiger von Bechelaren und seiner stummen Tochter. Es treten auf: König Etzel und Kriemhild, ganz in Schwarz. Der Späher oben auf der Burg bläst eine Fanfare.

Rüdiger von Bechelaren: Sie kommen!

Musik. Feuerwerk. Die Nibelungen reiten durch das Tor in voller Rüstung. Zuerst Gunther, Giselher und Gernot, dahinter Hagen, dann Ortwin von Metz und Sindold. Ihre Visiere sind unten. Die Mädchen weichen leicht zurück, die Musikanten kommen aus dem Takt, König Etzel schaut seine Frau und seine Vasallen fragend an. Die hunnischen Pferdehalter und die Mundschenke gehen den Nibelungen nur zögerlich entgegen und reichen jedem einen Trunk. Die Musik verebbt. Giselher öffnet sein Visier.

Kriemhild: Bruder.
Giselher: Meine Schwester.

Sie läuft jetzt auf ihn zu. Sie versucht ihn, trotz des vielen Eisens, zu umarmen.

Kriemhild: Herzlich willkommen, Lieber. Was bist du schön geworden. Immer schöner! *(Küsst ihn auf den Mund)*

Giselher: Und du, du bist es immer noch, mein Stern. *(Umarmt sie. Hebt sie hoch und dreht sich mit ihr)*

Kriemhild: Ich liebe dich, mein Herz. Ich seh noch immer dieses Lachen. Willst du das nicht mal ablegen jetzt? *(Streicht über seine Rüstung)* Willkommen, Bruder Gernot!

Gernot: Schwester!

Kriemhild: *(entgeht seiner Umarmung)* Immer noch Identitätsprobleme?

Gernot: Wie bitte?

Kriemhild: Ich meine, besteht Ihr immer noch an den Rändern aus Zitaten und in der Mitte aus einem großen weißen Fleck? *(Wendet sich zu Gunther)* Willkommen auch Ihr, Gunther. Ist Eure Frau schon gestorben? Willkommen, Herr von Metz. Willkommen, Sindold. *(Sie geht zurück zu Giselher.)*

Etzel: König! Liebe Verwandte meiner Frau. Im Land der Hunnen heiße ich Sie herzlich willkommen. *(Hebt sein Glas)* Egészségünkre!

Gunther: Wie?

Übersetzer: Egészségünkre meint «Zum Wohl», Plural.

Gunther: Ah! Zum Wohle, Plural!

Alle trinken.

Etzel: Dies ist unser Sohn, der Prinz. Markgraf Rüdiger von Bechelaren, meinen Gesandten, und Dietrich von Bern, meinen Statthalter, kennen Sie ja schon aus alten Tagen. Meine Frau wird Ihnen nun alles zeigen. Ihre Schlafgemächer, die Tafelrunden, Betten für die Knappen, wie viele sind's, verehrter Gunther, König der Nibelungen?

Gunther: Neuntausend Mann brachten wir mit. Sie lagern noch draußen auf dem Felde. Habt Dank für Eure schöne Begrüßung. Das ist ja eine Freude. Im Übrigen ritten wir den Weg gerüstet, weil uns doch hier und da Räuber folgten.

Dietrich von Bern: Ich denke, Ihr tatet recht so, lieber Gunther, willkommen. Wie geht es, Hagen?

Hagen: Danke, danke. Schönes Wetter.

Dietrich von Bern: Wie lange, Hagen, wie lang ist's her?
Hagen: Wir waren junge Männer, Dietrich. Kann gar nicht glauben, dass Ihr jetzt Statthalter der Hunnen seid?
Gernot: Warum denn nicht? Die ganze Welt dient Etzel.
Gunther: Und sie dient ihm gerne, wie man sieht!
Etzel: Oh, danke, das sagt der mächtigste Mann des Westens. Lieber Gast, liebe Nibelungen: Ein Fest will ich euch morgen …
Kriemhild: Lieber Mann, sage bitte Burgunder statt Nibelungen, ja? Ich kann hier nämlich leider keinen Nibelungen seh'n und mein, es gab nur einen. Das hier also sind Burgunder, Deutsche. Weiter.

Schweigen.

Rüdiger von Bechelaren: Gott zum Gruße, liebe Freunde!
Gernot: Wie lang ist's her, Rüdiger? Wie lang?
Etzel: Entschuldigen Sie mich. Ein Statthalter aus Rom. Wir waren mitten in Gesprächen. Verehrter König, meine Herren. *(Verneigt sich und geht)*
Rüdiger von Bechelaren: Ja, ja, zuletzt, da weilte Giselher bei mir in Österreich. Wohl auch um meiner Tochter einen guten Tag zu wünschen. Dietlinde, tritt vor und begrüße unsere Freunde!

Dietlinde, schön wie einst die junge Kriemhild, tritt hervor.

Rüdiger von Bechelaren: Ja, Gernot, als wir uns zuletzt sahen, war sie noch ein Kind, so klein. Es war, als ich kam zu werben. Wisst Ihr noch, Hagen? Wie wir damals bei Nacht auf dem Hofe standen? Ich hatte falsche Botschaften erhalten und kam zu früh für damalige Verhältnisse. Wisst Ihr noch, Hagen?
Kriemhild: Ohne ihn, Rüdiger, wärst du auf ewig zu spät gekommen! *(Zeigt auf Hagen, ohne ihn anzusehen)* Dietlinde, gehst du bitte in die Küche. Man kann schon Feuer machen.

Schweigen. Dietlinde ab.

Hagen: Ja, da hat sie Recht. Ohne mich wär'n wir vielleicht gar nicht hier, nicht wahr, mein König? Na, da kann man seinem treuen Diener ja wirklich zu Dank verpflichtet sein ... Schön lebt Eure Schwester hier. *(Zeigt auf Ortliep)* Freundliches Kind.

Dietrich von Bern: Zum Wohle, Hagen.

Sindold: Ein hunnischer Tropfen. Würzig! Welche Keltermethode, wenn ich fragen darf?

Hagen: Mir ist er zu heiß. Gibt's auch Eis?

Dietrich von Bern: Bringt ihm Eis!

Rüdiger von Bechelaren: Auf euer Wohl, ihr Brüder! Egészségünkre!

Gernot: Ich trink auf Euch, Rüdiger.

Gunther: Ja, auf Euch! Günkre!

Ortwin von Metz: Zum Wohl! Schön auf dem Balkan! Ist doch hier Balkan?

Hunnen kommen mit einem Eisblock. Kriemhild nimmt ihnen die Axt weg und schlägt auf den Eisblock ein. Alle starren Kriemhild an, die mit heftigen Hieben den Eisblock spaltet.

Dietrich von Bern: Wenn Ihr gestattet, Königin, zeig ich den Gästen, wo sie schlafen. So können wir schon ein bisschen die alten Zeiten drehen und wenden, in unserem Alter liebt man das, nicht, Hagen?

Hagen starrt ebenfalls Kriemhild an, die immer weiter auf den Eisblock einschlägt.

Dietrich von Bern: Früher, da haben wir die Welt erobern und ihr schöne, neue Formen geben woll'n. Und doch hat ein jeder von uns dabei nur sich selbst beseh'n. Vorne, hinten, rechts und links: immer nur man selbst, und wie lang hört ich nur den Klang des eig'nen Schwertes? Am Ende war es Land, Gold, Ruhm und Rache, ach, für was, wo war'n die neuen Formen? Und heute möchte ich fragen: Wie habt ihr die Zeit durchlebt? Warum war'n wir so? Und wann werden, Königin!, die Menschen anders sein? Na ja, es gibt viel zu bereden, und wann, wann sind wir schon mal so zusammengekommen aus allen Fernen, Freunde?

Kriemhild: *(hält plötzlich ein kleines Stück Eis in der Hand)* Hier! Eis! *(Wirft es Hagen ins Weinglas)*

Hagen: Danke.

Kriemhild: Giselher, du bekommst das Bett in der Mitte. Mit dem Samt! *(Ab)*

Gunther: – Eine schöne Rede, Dietrich, Dank.

Gernot: Ach, Dietrich, ich wollt mein Leben lang mehr sein als ein Burgunder, Germane, Nibelunge. Und Ihr, Ihr habt immer schon die Welt in euch vereint. Sprecht auch davon, bitte.

Rüdiger von Bechelaren: Vielleicht morgen schon auf dem großen Fest?

Hagen: Dietrich, wenn Ihr noch König wäret! Zum Wohl!

Rüdiger von Bechelaren: Geht nun, Freunde, und ruht bis zum Essen in den Gemächern.

Ortwin von Metz: Eine vortreffliche Idee. Ich dachte schon, wir steh'n hier noch Stunden.

Dietrich von Bern: Dort entlang, meine Herren. *(Weist den Weg)*

Sie gehen. Der Hof leert sich. Ortliep, mit Pfeil und Bogen, läuft schnell über den Platz.

4. SZENE

Dämmerung. Dietrich von Bern mit einer Geige und Hagen, noch immer in Rüstung, auf einer Bank vor der Tür zur Gästeschlafhalle.

Hagen: Seht mal, Dietrich. Ich hatte noch nie so ein gutes Schwert. Wisst Ihr, wem es einmal gehörte?

Dietrich von Bern: Kehrt um. Noch besser heute Nacht als morgen. Hagen, wieso folgtet Ihr der Einladung? Kriemhild hat es nicht vergessen können. Ihr Herz ist ein Stein geworden.

Hagen: Früher nannten wir sie die schöne Träumerin. Ihr gefiel unser Leben nicht, und sie träumte gegen an. Ach, Dietrich, wie die Jahre dahingegangen sind. Es ist gut, Euch zu seh'n. Spielt Ihr immer noch die Geige?

Dietrich von Bern: Hagen, darf ich Euch sagen, was ich noch nie jemandem sagte? – Ich habe Angst. Mein Gott, seht!

Kriemhild, in Schwarz, kommt direkt auf sie zu. Hinter ihr bewaffnete Hunnen. Sie steht jetzt vor Hagen. Dietrich von Bern erhebt sich.

Kriemhild: Steh auf!

Hagen: Heut nicht, Frau Königin. Aber schaut, ich stelle dieses Schwert hier an die Wand. Das steht ja gern. Ihr kennt es noch?

Kriemhild: Was habt Ihr mir sonst aus Worms gebracht?

Hagen: Ihr habt doch alles.

Kriemhild: Ich sage, wo ist mein Schatz, mein Eigentum?

Hagen: Der Nibelungenhort? Im Rhein. Versenkt.

Kriemhild: – Wo?

Hagen: Ich hab's vergessen. Tut mir Leid.

Kriemhild: Dietrich, schlagt ihn tot. – Schlagt ihn tot!

Dietrich von Bern: Königin, mit Verlaub, das tu ich nicht. Nicht durch meine Hand! Was sind denn das für Befehle hier? Ihr habt zum Fest geladen, vergesst das nicht!

Kriemhild dreht sich um zu ihren Mannen. Hagen steht auf.

Hagen: Ich weiß ja nicht, ob ihr mich versteht, ihr kleinen Hunnen, aber dies hier, das ist das Schwert von Siegfried! *(Richtet das Schwert auf die Hunnen)*

Dietrich von Bern: Hagen, lasst uns geh'n. Gute Nacht.

Hagen: Ich kann noch nicht schlafen, Dietrich. *(Drückt einem Hunnen die Schwertspitze auf die Brust)* Siegfried, schon mal gehört, Hottentotte? Den hab ich umgebracht. Ich hab ihn umgebracht, weil ich die Stelle kannte, wo er zu töten war. Und wisst Ihr, Dietrich, wer mir die Stelle verraten hat? – Da. Sie. Sie!

Kriemhild mit Hunnen ab.

Hagen: Geh'n wir. – *(Schaut in den Saal)* Sie können nicht schlafen. Spielt Ihr ein Lied zur Nacht für sie? Ein Volk, das untergeht, muss Lieder spiel'n.

Sie gehen beide in den Schlafsaal. Man hört ein deutsches Lied.

5. SZENE

Nacht. Licht in einer Kammer der Burg. Kriemhild mit einem hunnischen Kriegsherrn.

Kriemhild: Morgen! Während des Festes! Ihr geht mit Eurem Heer in den Saal der Knappen. Für jeden Kopf gibt es Gold! Eine Kiste. Und dir die Tochter Rüdigers! Ich lass sie dir schon morgen Nacht aufs Zimmer bringen. Verstanden? – Einen lasst Ihr leben! Schickt ihn uns als Boten in den Festsaal. Und noch etwas: Mein Sohn. Sorgt dafür, dass er morgen an der Seite seines Vaters sitzt. Sorgt dafür! Er muss an seiner Seite sitzen! Hagen in der Nähe! Wartet. Bringt ihn mir noch einmal, meinen Sohn. Gute Nacht. Geht! Gott segne Eure Hand.

Der Kriegsherr verschwindet.

Kriemhild: Die haben mir mein Denken umgedreht. *(Löscht das Licht)*

6. SZENE

Eine große Tafel im Burghof. Lichter. Musik. Kellner. Etzel kommt mit seinem Sohn und setzt sich. Kriemhild erscheint, dann Rüdiger von Bechelaren mit seiner Tochter, kurz danach Dietrich von Bern mit Geige. Dann kommen die Nibelungen:

Gunther, Gernot, Giselher, Hagen, Sindold, und alle immer noch gerüstet. Etzel steht irritiert auf.

Etzel: Meine Herren, wie schön, dass Ihr der Einladung folgtet. Ich frag mich nur: Könnt Ihr so essen?

Hagen: Wir sind geübt darin, König Etzel. Ein alter Brauch der Nibelungen will, dass wir bei auswärtigen Festen drei Tage in Rüstung geh'n. Und wisst Ihr, warum? Damit wir ab dem vierten Tag noch beschwingter sind!

Etzel: *(lacht)* Ein guter Brauch. Wo ist denn Herr von Metz?

Hagen: Er fühlte sich nicht gut. Und wollte bei den Knappen nach dem Rechten seh'n.

Etzel: Nun gut. Nehmt Platz. Ihr seht, der Prinz tafelt heute mit.

Gernot: Ein schöner Junge.

Etzel: Ja, da habt Ihr Recht.

Gernot: Lang lebe der Prinz!

Die Nibelungen setzen sich auf Bänke. Etzel hebt ein leeres Glas.

Etzel: Ich will nicht viele Worte machen. Wie ich mich freue, Euch, meine Verwandten, hier im Land der Hunnen zu begrüßen, das sagte ich ja schon. Nun, und ich weiß, es ist ein alter Brauch Eures Landes, möchte ich Euch anbieten, Blutsbrüderschaft zu trinken. *(Hebt seinen Arm und ritzt ihn. Blut tropft in sein Glas)*

Gunther: *(steht auf)* Gerne. Gerne! *(Legt den Armpanzer ab und ritzt ebenso. Es tropft ins Glas)*

Die beiden tauschen die Gläser.

Etzel: Dietrich, spielt!

Dietrich von Bern nimmt seine Geige. Die Könige stoßen an.

Rüdiger von Bechelaren: *(erhebt sich)* Einen Moment, einen Moment noch bitte, Dietrich. Ich möchte zu dieser Stunde etwas verkünden, was auch die Häuser Burgund und Bechelaren noch näher zusammenbringt, und ich danke Hagen für diese gute, diese richtige Anregung. Kurzum: Heute Morgen wurde es beschlossen, jetzt soll es gefeiert sein: Giselher und meine Tochter sind verlobt!

Applaus. Rüdiger von Bechelaren ritzt seinen Arm.

Giselher: Freunde, welch schöner, schöner Tag! *(Ritzt ebenso seinen Arm. Tauscht mit Rüdiger die Gläser)*
Etzel: *(hebt erneut sein Glas)* Also dann:

Es stürzt herein, bluttriefend, das Schwert tropfend in der Hand: Ortwin von Metz. Er lehnt sich einen Augenblick erschöpft an die Tafel.

Ortwin von Metz: – Schmeckt es gut?
Gernot: – Ortwin, warum ... warum so rot?
Ortwin von Metz: Verrat. – Verrat! Alle Knappen tot! Geschlachtet! *(Spuckt Blut)* – Alle tot. Gunther, König, Ihr habt keine Knappen mehr.

Gunther fällt das Glas aus der Hand.

Etzel: Was ist hier los?!

Hagen greift sich den Sohn Etzels und hält ihm das Schwert an die Kehle. Die Hunnen weichen zurück.

Dietrich von Bern: Die Waffen nieder!
Kriemhild: Fasst ihn! Gebt mir Hagen!
Dietrich von Bern: Ich sage, alle die Waffen weg!
Kriemhild: Los, los, Hagen, da, fassen! *(Schlägt mit Fäusten auf die Hunnen ein)* Fassen!

Ein Hunne läuft zögernd auf Hagen zu, der den Kopf des Kindes abschneidet und ihn Kriemhild in die Arme wirft.

Erstarrung.

Kriemhild überreicht Etzel den Kopf ihres Sohnes. Ortwin von Metz bricht tot zusammen. Dietrich springt auf den Tisch.

Dietrich von Bern: Keine Bewegung! *(Läuft auf der Tafel zu Etzel)* Gebt mir Eure Hand! – Königin, folgt mir! *(Springt von der Tafel)* Hier entlang, bitte. Kommt!

Er führt sie. Etzel trägt den Kopf seines Sohnes weg.

Die hunnischen Ritter folgen. Die Nibelungen starren Ortwin am Boden an. Dann laufen sie in ihren Schlafsaal. – Rüdiger, allein mit seiner Tochter, sitzt noch an der Tafel. Er hält immer noch das Glas. Er trinkt. Er weint.

7. SZENE

Barrikaden vor der Tür zum Schlafsaal der Nibelungen. Dietrich von Bern und Rüdiger von Bechelaren treten auf, gefolgt von hunnischen Kriegern mit Säbeln, Dolchen, Pfeilen. Sie stellen sich vor den Barrikaden auf.

Dietrich von Bern: Eine Nachricht des Königs! Hört Ihr mich? – Ihr seid frei! Frieden und Abzug aller! Mit einer Ausnahme: Der Mörder des Prinzen bleibt in seiner Gewalt!

Eine Barrikade kippt zur Seite. Hagen kommt hervor mit Schwert. Wirft es weg.

Hagen: Da bin ich.
Dietrich von Bern: Gebt Euch in meine Gefangenschaft!

Giselher kommt hervor.

Giselher: Niemals! – Hagen, heb dein Schwert wieder auf!

Gunther, Gernot, Sindold treten hervor.

Hagen: – König! Nehmt das Angebot an!

Giselher: Hagen, dein Schwert! *(Schreit hoch zur Burg)* Schwester! Hör auf! Hör endlich auf! Und komm! Hast du vergessen, welches Buch wir schreiben wollten?!

Dietrich von Bern: König, Gunther, hört: Ihr habt vierundzwanzig Stunden Zeit. Nehmt ihnen die Waffen ab! Es tut mir Leid.

Hagen: König, bitte, hört! – Ich gebe meine Pflichten ab. Ich bin nicht mehr Euer treuer Diener. Ich brauche keinen Dank. *(Steigt aus seinen Stiefeln)* Hier! Nehmt meine Schuhe mit nach Burgund und stellt sie in meiner Kammer ab. Die Stiefel soll'n mein Grabstein sein. Bitte. Geht!

Giselher weint. Man nimmt ihnen die Waffen ab.

Hagen: Giselher, mein Junge, Ihr sollt leben! – Dietrich, bitte. *(Hält seine Hände hin)*

Giselher: Nein! Nein! *(Reißt Hagen zurück)* Schwester?! Komm jetzt endlich her! Du hast uns eingeladen! – Satz eins der Staatsform, du erinnerst dich?! Menschen, die sich lieben, müssen ein Werk erschaffen oder jeder drei Leute retten, hörst du mich?! Das war das Motto! Wenn zwei Menschen lieben, sind sechs gerettet! Wenn vier Menschen lieben, sind es schon zwölf! Und so weiter. Komm hierher, das hast du geschrieben!

Hagen: König, gebt mich jetzt frei.

Gunther: *(steht mit Hagens Schuhen da)* Hagen, Hagen ... Mein Gott – was ist das?

In der Mitte des Platzes: ein Toter, stehend. Er steht hinter einer Glasscheibe eines senkrecht rollbaren Sarges. Kriemhild rollt ihn hinter sich herziehend auf die anderen zu. Man weicht zurück.

Kriemhild: – Da sind wir.

Giselher: – – *(tritt langsam auf die Scheibe zu)* – Siegfried. – Da. *(Wendet sich bleich zu seiner Schwester)* Du ... du ... du hast ihn aufbewahrt. Wann ... wann hast du ihn aus... ausgegraben? *(Starrt auf Siegfried)*

Hagen: – Macht dem Spuk ein Ende. König! Übergebt mich! Und dann reist ab! Hölle!

Kriemhild: Gunther, tut, was er sagt. Siegfried, lieber, was machen wir denn mit Hagen?

Dietrich von Bern: Fahrt dieses Gespenst aus der Stadt. Los, raus damit!

Kriemhild: Nein! Der bleibt hier! – Gunther, los, gib ihn mir!

Gunther: *(erwacht aus seiner Erstarrung)* – Ich … Ich geb ihn … geb ihn dir nicht. Nein. Hol dich der Teufel. *(Klammert sich an Hagens Schuhe)*

Schweigen.

Kriemhild: Rüdiger! Ihr seid so still. – Rüdiger?!

Rüdiger von Bechelaren: – Ja. Ja. Königin?

Kriemhild: Ihr schwort mir Treue. Ihr wisst es noch? – Ihr wisst es noch?!

Rüdiger von Bechelaren: Ja. Ja, Königin.

Kriemhild: Gut. Dann hebt jetzt dieses Schwert da vom Boden auf und schlagt meinen Bruder tot. – – Hört Ihr nicht?

Rüdiger von Bechelaren: – Königin … Königin, stellt mich auf jede Probe, aber das, das …

Kriemhild: Das ist die Probe! Das habt Ihr geschworen!

Dietrich von Bern: *(zu Kriemhild)* Schande! *(Ab)*

Rüdiger von Bechelaren: – Königin, das wollt Ihr nicht von mir. Ich zahle alles, alles Gold zurück. *(Kniet sich hin)* Darf ich meine Dienste niederlegen? Ich werde weggehen von hier, zu Fuß, ins Nichts.

Kriemhild: *(kniet sich ebenfalls hin)* Hast du je geseh'n, wie eine Königin vor ihrem Diener kniete? – Ich bitte dich um deine Pflicht. *(Erhebt sich)*

Gernot: Schwester? Hör doch! Weißt du, wer wir sind? – Sag mir, haben wir nicht dieselbe Mutter?

Rüdiger von Bechelaren: Habt Erbarmen! *(Weint)*

Kriemhild: Ich warte. Ich warte. Ich warte. Ich warte. Ich …

Rüdiger von Bechelaren: Ja. Ja! Ja! Es ist gut! Es ist ja gut! – *(Erhebt sich)* – So gnade mir Gott. Ich arme Seele. *(Hebt das Schwert auf)* – Wen? Wen denn? – Welchen?

Kriemhild: Zuerst den da. *(Zeigt auf Gunther)*
Rüdiger von Bechelaren: – – *(geht auf Gunther zu)* – Verzeiht mir. Ich kann nicht anders. *(Hebt das Schwert)*
Giselher: Rüdiger, wartet! Gebt mir das Schwert. – – Bitte. Gebt es mir. Ich helfe Euch. – Bitte.

Rüdigers Arm sinkt. Er hält Giselher das Schwert hin, der es nimmt und Rüdiger durchbohrt. – Dann rennt er durch die Barrikaden zurück in den Saal. Im Burgfenster: Rüdigers Tochter. Sie schreit hell und lang.

Gernot: Drinnen sind noch Waffen!

Gernot, Hagen, Sindold und Gunther folgen Giselher.

Kriemhild: Setzt den Saal in Brand! *(Mit Siegfried ab)*

Feuerpfeile fliegen. Flammen schlagen aus den Fenstern und Rauch, schwarz und rot, steigt in den Himmel. Die Hunnen umstellen den Saal.

8. SZENE

König Etzel, in seinen Händen immer noch der Kopf seines Prinzen, wankt aus der Burg. Er steigt über Rüdigers Leiche. Er starrt auf den brennenden Saal.

Etzel: Mein Stuhl! Ich brauche meinen Stuhl!

Man läuft mit einem Stuhl herbei. Etzel setzt sich. Starrt eine Weile auf den von Hunnen umstellten Saal.

Etzel: – – Und?! Was ist?! Jetzt sind sie's doch!? Tot! Sind sie tot?!
Ein Hunne: *(am Fenster. Sieht hindurch)* – König, sie leben immer noch!

Etzel: Warum denn?! Warum denn!? Männer! Abmarsch! Rein da! Niedermachen! *(Wirft ihnen Gold hin)*

Eine Vielzahl von Hunnen steigt in den Saal. Man hört Kampflärm. Schreckliche Schreie. – Dann: Stille.

Etzel: – – Wo sind sie? *(Zum Hunnen am Fenster)* Was ist denn los?!

Der Hunne schaut zu Boden. Etzel geht selbst mit dem Kopf des Prinzen zum Fenster. Sieht hindurch. Kriemhild kommt.

Kriemhild: Einen Stuhl!

Sie bekommt einen Stuhl.

Kriemhild: Bringt sie her und legt sie mir vor die Füße!
Etzel: – Weib! Was hast du nur für eine Familie?! Sie trinken. Blut! – Holt Dietrich!

Ein Hunne läuft ab.

Kriemhild: Sie müssen tot sein! Her damit, vor den Stuhl! Ich sitz hier so lange, bis sie tot sind!
Etzel: Die sind nicht tot! Die sind nicht tot! Die trinken Blut! Sie löschen damit! Du! Wen hast du mir ins Land gebracht!?

Dietrich eilt herbei.

Etzel: Dietrich! Dietrich, die trinken meine Armee! Die stellen ihre Helme wie Eimer drunter! Sie sagen, sie können ihre Gesichter spiegeln! Im Blut! Dietrich, ich geh da jetzt selber rein. *(Zieht sein Schwert)* Haltet mein Kind.
Dietrich von Bern: Nein, König. Sie werden Euch töten. Bleibt!
Kriemhild: Hör, was er sagt!
Etzel: Sei still, du! Die sind nur noch vier! Dietrich, deine Männer sind auch da drin! Ich hab sie reingeschickt!
Dietrich von Bern: Mein Waffenmeister auch?

Etzel: Ja. Lasst neue Armee aufrücken! *(Gibt wilde Zeichen. Legt den Kopf ab)*

Neue hunnische Krieger laufen auf. Pfeilschützen.

Etzel: Einen Schild mit Gold für jeden! Dietrich, folgt mir!

Aus den Barrikaden kriechen Gernot und Giselher hervor: wanken blutüberströmt und verkohlt mit Schwert und ohne Rüstung Etzel entgegen.

Gernot: – Etzel, König, bitte: Eine Minute Luft! – Danke. Thank you.

Pfeile durchbohren ihn. Er sinkt auf die Knie.

Giselher: – *(lässt das Schwert fallen. Hebt die Hände)* – Darf ich hier ein bisschen steh'n, es ist doch Sommer. Wie schön der Himmel ist!

Kriemhild: Giselher! – Weißt du noch, wie wir am Rhein mit dem Buch in den Wiesen lagen?

Giselher: – Das Buch. Schwester, unser Buch! *(Winkt ihr)*

Kriemhild: Du hast auch zwischen den Unterröcken geschrieben. Was war'n das für große, schöne Gedanken! Da haben wir vielleicht zum ersten Mal ... Wie war das nochmal mit den Menschen?

Giselher: Schwester, Schwester, ich weiß noch, ich weiß noch. – In ein paar Jahren, wenn die Kinder einmal vom Turm blicken werden, dann werden sie da unten Menschen sehen, Menschen, die atmen, die füreinander Augen haben und die endlich mal geradeaus einen Fuß ... Soll ich ... *(Geht langsam auf sie zu)* Soll ich weiter?

Kriemhild: Ja. Ja!

Giselher: Guck mal, ich setze jetzt einen Fuß vor den anderen! Und dann, dann komme ich ... *(Er wird von fünfzig Pfeilen durchbohrt. Sinkt nieder)*

Kriemhild setzt sich.

Etzel: Dietrich, geht rein und macht ein Ende. Ich guck nicht mehr hin. *(Geht ab)*

Dietrich von Bern: – Hagen! Gunther, König! Hört mich an! Ergebt Euch und ich werde, so gut ich kann, Euch schützen! Ich weiß, dass Ihr meine Männer erschlagen habt! Ich schütz Euch trotzdem! Hört Ihr mich? – Ein junger Mann, ein Bruder war's: Tot! Es reicht!

Hagen, rot und schwarz, erscheint zwischen den Barrikaden. Seine Rüstung glüht. Er hält sein Schwert voraus.

Hagen: Was du immer so feierlich redest! Dietrich! Ich trinke gerade Euren Waffenmeister. *(Trinkt aus dem Helm)*

Dietrich von Bern: Ergebt Euch mir! Ich will Euch helfen! – Werft das Schwert weg!

Hagen: Dietrich, mir geht es gut! Wenn du was willst, musst du reinkommen zu uns und dein Schwert mitbringen! Ich gehe wieder! Bis dann, Dietrich! *(Wankt zurück durch die Barrikaden)*

Dietrich lässt sein Visier herunter. Dann geht er mit Hunnen durch die Barrikaden. Kriemhild sitzt auf ihrem Stuhl und starrt. Kampflärm. Man serviert ihr etwas zu trinken. – Nach einer Weile, blutend, schwarz verkohlt und gefesselt in Ketten: Hagen, an den Händen geführt von Dietrich. Er bringt ihn zu Kriemhild.

Kriemhild: Willkommen, Hagen. Weißwein? *(Schüttet ihm das Glas ins Gesicht)*

Dietrich setzt Hagen auf den Stuhl von Etzel.

Gunther: *(vor den Barrikaden)* Dietrich!

Kriemhild: Ihn auch!

Gunther: Dietrich! Gebt mir Hagen zurück!

Dietrich von Bern: Gunther, König, hört bitte auf!

Gunther: Komm her, wenn du was willst, du Verräter! Ich geh da jetzt rein aufräumen. *(Wankt zurück)*

Dietrich folgt. Man hört wieder Kampflärm. Dann erscheint Gunther, gefesselt und geführt von Dietrich. Er bringt ihn zu Kriemhild.

Dietrich von Bern: Königin, hier ist der Letzte. Behandelt ihn und Hagen wie zwei Gefangene. Ich bitt Euch, zeigt, indem Ihr Gnade walten lässt, dass es noch Menschen gibt auf dieser Welt. Ich gehe. Ich ende meine Dienste. Leben Sie wohl. *(Er geht. Dreht sich noch einmal um)* – Wie das hier aussieht. *(Ab)*

Gunther: Schwester, kann ich mich bitte auf Euren Stuhl setzen? Das wär sehr freundlich.

Kriemhild: Führt ihn ab! Legt Hagen hier in Ketten! Ich komm gleich wieder. *(Ab)*

Hagen: König, bis später. Bis später. *(Winkt)*

Hunnen führen Gunther ab. Hagen wird an den Füßen gekettet. Man reißt ihm die Rüstung ab und knebelt ihn. Dann sitzt er da, alleine. – – Etzel kommt. Er schaut über den Platz.

Etzel: Wo ist mein Sohn? – Wo? –

Hagen deutet auf eine Stelle.

Etzel: – Ja. Da! *(Geht hin. Hebt den Kopf auf)* Danke. *(Ab)*

Es ist still. Kriemhild, hinter sich herziehend Siegfried. Sie stellt sich und ihn vor Hagen auf. Hagen sieht Siegfried an.

Kriemhild: So! Bleib ruhig sitzen. Wo ist unser Schatz? – *(Reißt ihm den Knebel aus dem Mund)* Wo ist er?

Hagen: Im Rhein.

Kriemhild: Der Rhein ist groß.

Hagen: Das stimmt. Ein großer, tiefer Fluss. Manche sagen, es ist der schönste Fluss der Welt.

Kriemhild: Schweig! Wo? Wo? An welcher Stelle, Mörder?

Hagen: Ach, Kind. «Wie oft, wie oft hast du mich geschaukelt, und jetzt willst du wissen, wo?» Ihr erinnert Euch?

Kriemhild: Mein Hagen, Hagen, wir kennen uns seit meinen ersten Stunden. – Also, wo?

Hagen: Ich schwor, solang der König lebt, es keiner Seele zu verraten.

Kriemhild: Einen Augenblick bitte.

Sie geht zum Burgtor und spricht mit einem Hunnen, der nickt und abgeht. Kriemhild lehnt sich an die Burg und wartet.

Kriemhild: Ich komme gleich.

Der Hunne kommt mit einem Korb. Kriemhild schaut kurz hinein und nimmt den Korb. Sie geht zu Hagen.

Kriemhild: Da bin ich wieder. *(Hält ihm den Korb mit Gunthers Kopf unter die Nase)* Also, wo?

Hagen: – – Du Schlange. Nie! Nimm mein Schwert!

Kriemhild stellt den Korb ab und greift zum Schwert. Sie umfasst den Griff. Stellt sich vor Hagen auf. Sie hebt das Schwert, mit der Schneide nach oben.

Hagen: – Kriemhild?

Kriemhild: Ja.

Hagen: Anders rum.

Sie dreht das Schwert. Sie will es heben. Bricht ab. Geht drei Schritte zurück und rennt es Hagen in den Hals. – – Hagen kippt nach einer Weile vom Stuhl.

Kriemhild geht zu Siegfried und rollt den Sarg ein Stück über den Platz. Sie bleibt stehen bei Giselher und sieht ihn an. Dann holt sie ein Buch aus ihrem Mantel und legt es auf seinen Bauch.

Ein leichter Wind geht durch die Seiten und über die Leichen.

Brünhild lehnt entfernt an einer Wand.

Kriemhild sitzt irgendwo auf dem Boden, bewegungslos.

Brünhild schaut sie an.

Dann geht sie an Siegfried vorbei und langsam auf Kriemhild zu. Sie setzt sich nieder.

Es ist still. So sitzen die Frauen da.

ENDE

Uraufführung 17. August 2002
Freilichtaufführung der Nibelungen-Festspiele Worms
Stand Juni 2002

Initiatorenteam der Nibelungen-Festspiele:
Bettina Musall, Herbert Lauber (†), Hans Werner Kilz, Mario Adorf

BESETZUNGSLISTE DER URAUFFÜHRUNG

Kriemhild	Maria Schrader
Ute	Susanne Tremper
Gunther	Wolfgang Pregler
Gernot	Josef Ostendorf
Giselher	André Eisermann
Hagen	Mario Adorf
Ortwin von Metz	Joachim Nimtz
Hunold	Siegfried Kernen
Sindold	Christoph Grunert
Burgwächter	Hans Diehl
Bote	Andreas Bisowski / Oliver Sauer
Siegfried	Götz Schubert
Brünhild	Judith Rosmair
Rüdiger von Bechelaren	Peter Schmidt-Pavloff
Etzel	Hans Diehl
Dietrich von Bern	Uwe Friedrichsen
Narr	Jewgenij Sitochin

Inszenierung	Dieter Wedel
Bühnenbild	Gerd Friedrich
Kostüme	Nikola Hoeltz
Musikalische Leitung	Arvild Baud
Dramaturgie	John von Düffel
Video	Philip Bußmann
Kampftraining	Klaus Figge
Lichtdesign	Peter Halbsgut

Intendant	Klaus Naseband
Persönliche Referentin	Ingrid Frank
Technischer Koordinator	Thomas Schröter

INTERVIEW mit Moritz Rinke

WO SIND DENN BITTE DIE HELDEN?

Moritz Rinke schreibt die Nibelungen neu. – Ein Literaturen-*Gespräch über Hagens Zärtlichkeit, Siegfrieds Müdigkeit, Könige, Bundeskanzler, Ulrike Meinhof, Kriemhild und Richard Wagner – und über die Ästhetik des Widerstands in Zeiten des Super-Konsens.*

Literaturen Die Nibelungen komplett neu zu schreiben, das klingt ja ein bisschen größenwahnsinnig.

Rinke So ein Auftrag «Schreiben Sie mal bitte die Nibelungen komplett neu!», hat auch etwas Gewalttätiges. Ich dachte, ich kann jetzt 100 Jahre nichts anderes mehr machen. Nur Nibelungen! Aber dann habe ich nachgeschaut, wie eigentlich das Leben von Friedrich Hebbel verlaufen ist, und war ganz erleichtert, dass der nebenbei auch noch «Maria Magdalena» hingekriegt hat. Aber Sie haben natürlich Recht. Ein kleines Stückchen ist das nicht. Zuerst dachte ich: Mein Gott, ich muss auf den Himalaja!

Literaturen Wie haben Sie sich auf diesen Aufstieg vorbereitet?

Rinke Indem ich mir alles einfach als Matterhorn vorgestellt habe. Ich glaube, wenn Sie an die Nibelungen gehen und alles vorher lesen, was darüber geschrieben wurde, dann haben Sie wirklich in 100 Jahren noch nicht die erste Szene. Ich habe also versucht, ganz konkret diese mythische Höhe inklusive der schwierigen Rezeption herabzusetzen und die Nibelungen wirklich ganz für mich selber zu entdecken, so als hätte ich das auf Pergament geschriebene Lied von 1200 irgendwo zufällig in einer Bibliothek gefunden. Oder eben so wie in der Schule, wo ich von den Nibelungen hörte und sofort begeistert war.

Literaturen Sie waren, glaube ich, Waldorfschüler? Da gehören die Nibelungen zum Kanon?

Rinke In der 4. Klasse gab's die «Edda», auf die ja Richard Wagner für seinen «Ring» zurückgegriffen hat, und in der 10. Klasse dann die Nibelungen. Das pädagogische Konzept, denke ich, lautete: In diesem Alter beginnen die Schüler, sich zu gruppieren, sich Trends anzuschließen und so weiter, und nun erzählt man ihnen eine Geschichte, in der kollektive Prinzipien wie Gefolgschaft und Rache nicht überwunden werden können durch Individualität und Verzeihen. Und da finde ich es gerade mutig, dies mit einem Stoff zu tun, der selber für eine kollektive, rassistische und menschenverachtende Ideologie missbraucht wurde. Als ich damals von den Nibelungen in der Schule hörte, interessierte mich die Story, nicht diese dämliche Vereinnahmung.

Literaturen Gut, aber kann man denn die Nibelungen heute neu schreiben und die nationalsozialistische Instrumentalisierung dabei ausklammern?

Rinke Ja, man muss sich dessen nur bewusst sein. Wenn ich mich jetzt an das Stück gemacht hätte wie Heiner Müller oder wie viele Regisseure der hebbelschen Fassung, also mit Versatzstücken von der Göring-Stalingrad-Rede bis zur schonungslosen Anklage aller germanischen Geheimbünde inklusive REP- und NPD-Splitterparteien, dann hätten es doch die Nazis geschafft! Wieder wäre ein Stück nur ein Reflex gewesen; ich wäre auch instrumentalisiert worden. Ich finde es also viel radikaler, die Nazis links liegen zu lassen und sie auch einfach mal zu korrigieren, weil sie schlecht gelesen haben. Ich würde sogar sagen: Je mehr man es national verwendet hat, umso dümmer muss man gelesen haben. Raten Sie mal, wie oft das Wort «deutsch» in den Nibelungen fällt?

Literaturen Kein einziges Mal?

Rinke Genau! Einmal, in einem Nebensatz. Und dass Siegfried, der so genannte «germanische Held», vom Text her ein Holländer ist, das müssen die irgendwie überlesen haben. Trotzdem wurde das Ganze geeicht auf «Held, blond, blaue Augen, Götterdämmerung, alle tot!».

Literaturen «Deutsche Nibelungentreue», das hört man ja immer im Ausland über die Deutschen.

Rinke Grauenvoll. Das Stück spielt eigentlich zu Zeiten der Völkerwanderung, da herrschte Chaos in Europa. Darum stehen ja in meinem Stück die Burgunder auch so auf ihrer Burg herum und wissen gar nicht, dass sie Deutsche sind. Das muss ja Hagen erst einmal dem König erklären, was das überhaupt ist: Deutsche? Und dann kommt das mit der Germana-Pflanze, dieser Malvenpflanze, also dieser sehr zackigen, grobförmigen Pflanze, die in England wuchs und nach der die Engländer dann einfach die Burgunder zu «The Germans» umbenannten. Das steht tatsächlich in einem Buch über die «ersten Deutschen», aber ich habe es natürlich extra so bescheuert verwendet, nur um zu zeigen, dass die Nazis dann eigentlich nach einer groben, blöden Malvenpflanze benannt sind, wenn sie schon darauf bestehen, dass das ein deutscher Urstoff ist. Und die zweite Ohrfeige in dem Stück ist Gunthers Rede nach der Sachsenschlacht, in der er erklärt, dass sich die Burgunder, also die Nibelungen, nie wieder für irgendetwas missbrauchen lassen werden. Das ist natürlich Spiel im Spiel, aber nichts anderes ist hier gemeint: Schluss mit Instrumentalisierung! Die Nazis können jetzt nach Hause gehen.

Literaturen Sie kämpfen ja bei so einer Neufassung nicht nur gegen die Nazis, sondern auch gegen Wagner, oder?

Rinke Das Problem der Nibelungen ist, dass sie seit Ewigkeiten nicht mehr in Freiheit leben. Sie sind in der Gefangenschaft von Phrasen, erst die Nazi-Phrasen, dann die Wagner-Phrasen und übrigens auch Tausende von germanistischen Phrasen. Diese Phrasen liegen wie Grabplatten über den Figuren. Als ich hörte, ich soll die Nibelungen neu schreiben, habe ich mir dann vorgestellt, wie die seit Jahrzehnten unter diesen Grabplatten alleine spielen würden, wie sie bei aller Grausamkeit ihres Endes trotzdem den Humor, ja, ihren Humor und ihren Zauber dort unten ausspielen würden. Unter den Platten spielten die Nibelungen ein sehr beeindruckendes Theater, das ich nun aber gerne auch bei Tage sehen wollte. Dafür musste ich aber erst Hitler, Wagner und die halbe Germanistik von der Platte stoßen. Ich sage übrigens Wagner nur deshalb in einem Atemzug mit Hitler, weil Wagner genauso die Nibelungen nur benutzte; er hat ein bisschen von ihnen genommen, den ganzen Rest weggeschmissen, aber Hebbel für seine komplette Version hochnäsig verrissen. Leider spricht man heute eher vom «Ring», wenn es um die Nibelungen geht. Man kann eigentlich sagen: Durch Bayreuth sind die Nibelungen total verschütt gegangen. Und mein persönlicher Auftrag lautete: Okay, du bist jetzt so eine Art Schliemann und nun grabe mal schön mit deinen Geräten Troja wieder aus.

Literaturen Wenn man Ihre Nibelungen liest, fragt man sich, wie man überhaupt daraus eine Ideologie schmieden konnte?

Rinke Ja, weil ich es natürlich im Original ganz anders gelesen habe. Ich habe einfach kein deutsches Heldentum gefunden.

Literaturen Aber es gilt doch als Heldenepos?

Rinke Ja, aber wo sind denn bitte die Helden?

Literaturen Siegfried?

Rinke Genau das überlasse ich den Lesern und Zuschauern, ob sie darin einen Helden sehen. Am Anfang vielleicht, da ist er toll, da gewinnt er wie Boris Becker Wimbledon mit 17 und ist plötzlich Kriemhilds und unsere Projektionsfläche. Vielleicht sehen so unsere modernen Helden aus: Sie werden mit einer Tat berühmt, und dann kommt nur noch Autismus. Vielleicht hätten sie das Zeug und die Kraft gehabt, nach ihrer berühmten Tat die Gesellschaft noch in einer anderen Weise zu bewegen, aber in dem Moment, wo sie merken, sie kommen in der Presse gut an, da reicht es schon, und sie werden bequem und wollen nur noch Partys feiern oder in Xanten Hirsche jagen. Wir stilisieren Menschen hoch, nur weil sie eine Filzkugel gut übers Netz kriegen oder effektiv ein Schwert bewegen können.

Literaturen «Focus», dieses Magazin, hat neulich den Titel «Zeit für Helden» gemacht, da wurden neben den New Yorker Feuerwehrmännern auch Siegfried aufgezählt und Michael Schumacher, Madonna, Becker, George Bush, Schwarzenegger, Sven Hannawald. Sind das Helden, mit Ausnahme der Feuerwehr?

Rinke Einer Umfrage zufolge halten 61 Prozent Mut für eine Tugend von Helden, und nur 24 Prozent sagen, Helden müssten Erfolg haben. Die aufgezählten Personen haben aber alle hauptsächlich Erfolg und vor allem einen vergoldeten Hintern.

Literaturen Und jemand, der für seine Überzeugungen in den Tod geht?

Rinke Als ich einige der Kinderfotos von Mohammed Atta und den anderen Entführern gesehen habe, diese teils zarten, sensiblen Gesichter, da musste ich schon an Meinhof oder Kriemhild denken und daran, wie die Entführer am Ende völlig wahnsinnig, erstarrt und menschenverachtend, aber auch mutig am Steuer der Flugzeuge sitzen und auf die Twin Towers zufliegen. Wir merken, es ist sehr schwer, über Helden zu sprechen, also mir zumindest fehlen einfach die Kriterien für eine richtige Ausrichtung von Heldentum. Haben Sie noch Vorschläge?

Literaturen Dietrich von Bern!

Rinke Ach, Dietrich. Den mag ich ja wirklich, aber ob er ein Held ist? Zwar ist er bei mir zusammen mit Giselher die Gegenfigur zu den nur auf sich selbst bedachten Figuren, aber als Held, als König ist er doch total gescheitert und lebt im Exil. Er erinnert mich irgendwie an Björn Engholm von der SPD, falls den noch jemand kennt. Den nächsten amtierenden König, Gunther, finde ich auch nicht so richtig heldenhaft, und darum muss ihn ja auch Hagen quasi ersetzen. Und Etzel ist zwar mächtig, aber blind, weil er nicht einmal seine Frau kapiert. Und Siegfried ist ja zu müde, weil er ein Popstar ist, und Giselher, der sensibelste von allen, wird leider umgebracht.

Literaturen Sie hätten das Stück ja auch «Wo bitte gibt es hier irgendwo einen guten König?» nennen können.

Rinke Gute Idee. Ich finde es übrigens – einem Gedanken des wunderbaren Nibelungenforschers Walter Seitter folgend – trotz des Zeitalters der Demokratie keinesfalls obsolet, mit diesen Königsfiguren auch unsere Mächtigen heute zu befragen. Was ist ein König, was ist ein Bundeskanzler? Ist ein Bundeskanzler ein Mensch, den ich verehren kann? Oder entpersönlicht das Amt so sehr, dass da kein Mensch mehr übrig bleibt? Ich persönlich würde im König oder im Bundeskanzler den Vater suchen, ich suche auch in Theaterintendanten immer den Vater, aber da finde ich sie kaum noch: Ich sehe oft nur um sich selbst kreisende Monarchen und müde gewordene Siegfrieds, die Partys feiern. Vielleicht bin ich auch selber so. Sie auch?

Literaturen Sie haben kürzlich beim Bundeskanzler Ihr Theaterstück «Republik Vineta» mit Schauspielern gelesen. Wie hat er Kontakt zu Ihnen aufgenommen?

Rinke Also, das war im Supermarkt. Ich habe gerade gesalzene Butter gesucht, und dann hat das Handy geklingelt.

Literaturen Fühlen Sie da den «guten König»?

Rinke Das muss man ja wohl erst einmal selbstkritisch sehen: Bin ich jetzt der Hofnarr? Warum mache ich keine radikale Kunst, sondern telefoniere mit dem König im Supermarkt?

Literaturen Sie sind einfach korrupt.

Rinke Wenn ich korrupt bin, sind Sie auch korrupt, dann sind wir alle korrupt. Das ist mir endgültig klar geworden, als ich da mit dem Handy in der einen, mit der Butter in der anderen Hand stand. Es ist vorbei, wir leben in einer anderen Zeit. Beschreiben Sie mir doch mal Ihre generellen politischen Widerstandskonzepte? Also ganz konkret: Ihr Widerstand gegen den Bundeskanzler bitte? – Da fällt Ihnen nämlich nichts ein, weil Sie ja mit dem System, in dem Sie leben, grundsätzlich einverstanden sind. Wenn ich ehrlich bin, mit ist das ja alles schon fast zu demokratisch, seit Rot-Grün regiert, laufen einem die Mächtigen ja geradezu in die Arme! Nicht nur im Supermarkt, sondern in Fernsehshows, beim Baden auf den Balearen. Die machen alle auf Super-Konsens. Man steht am Poolrand, guckt unseren Ministern beim Brustschwimmen zu und möchte eigentlich fragen: «Hallo, könnten Sie vielleicht auch mal ein paar Konzepte für die Wirtschaft oder für die Außenpolitik entwickeln?»

Literaturen Das ist ja wie in Ihren Nibelungen, da wurschteln die auch so rum, während riesige Probleme auf sie zurollen: Die Sachsen greifen mit 600 000 Mann an, und Gunther guckt sich in aller Seelenruhe die Brustriemen der Pöchlarner und bayerischen Bewerber für Kriemhild an.

Rinke Allerdings ist dies vielleicht ja auch ganz schön: Ein König, der die kriegerische Herausforderung gar nicht annimmt?

Literaturen Aber eigentlich möchte man ihm doch zurufen: «Sorry, aber wie wär's denn mal mit Mobilmachung?! Die Sachsen greifen an!»

Rinke Ja, wie schnell wir heute aus der rot-grünen Mitte heraus «Mobilmachung» rufen! Das war doch mal anders, da ist doch grundsätzlich etwas durcheinander gekommen. Und angesichts der wirtschaftlichen Misere ist das grotesk. Der Kanzler telefoniert Dramatikern im Supermarkt hinterher, und der Dramatiker macht sich Sorgen um den Aufschwung. Soll ich jetzt vielleicht Molotowcocktails werfen, weil ich für die Wirtschaft protestiere? In Berlin können ja die Bezirksämter nicht mal mehr die Schlaglöcher schließen! Bill Clinton hatte sich im Wahlkampf jeden Morgen vor den Spiegel gestellt und gesagt: «It's the economy, stupid!» Was ich also grundsätzlich meine: Wie sollen wir uns denn da noch in die altbewährten linken Widerstandsmuster einklinken? Wir brauchen eine neue Ästhetik des Widerstands in Zeiten des Super-Konsens!

Literaturen Man kann immerhin noch Globalisierungsgegner werden!

Rinke Ah ja. Und wer protestiert da bitte gegen wen und für was? «Globalisierungsgegner», das klingt so nach schlauer Demonstrant, aber was läuft denn in so einer Organisation wie «attac» mittlerweile alles mit?

Literaturen Warum gehen Sie nicht zur «taz»? Wenigstens zur «taz»!

Rinke Sie verstehen irgendwie die Frage immer wieder im alten politischen Sinn und vergleichen mich damit. So entsteht aber eine gewisse Schieflage, weil ich, was das gesellschaftliche System betrifft, genau wie Sie einen grundsätzlich affirmativen Charakter habe.

Literaturen Die heutigen Pop-Literaten sagen ja, Widerstand, das sei nur noch die totale Affirmation von Gesellschaft. Ist das ein möglicher Weg?

Rinke Ich nehme alles an, und dann hoffe ich, dass mir schlecht wird und dass etwas fehlt? Möglich. Dann käme unser 68 vielleicht, wenn wir in Rente gehen! Vom jungen Kanzlerintimus zum grauen Anarchisten, ein langer Weg.

Literaturen Andersherum geht es schneller, wie wir wissen.

Rinke Ja, aber die Pop-Literaten kommen wahrscheinlich nirgendwo an, die sitzen doch schon obendrauf auf der Gesellschaft wie die Schaumkrone und finden sich ganz toll. Für mich ist es interessanter zu fragen: Wie kann ich trotz der fehlenden Widerstandsenergie meiner diffusen Generation der Situation auf meine Weise einen Sinn geben?

Literaturen Besprechen Sie diese Dinge mit dem Kanzler, dem König?

Rinke Am Handy?! Quatsch, wir haben uns über Michael Naumann unterhalten, den ich mal als Kulturstaatsminister interviewen sollte, aber er hatte nie Zeit, und dann habe ich darüber ein Tagebuch geführt, wie ich versuche, mit dem Staatsminister einen Termin zu bekommen. Das hatte der Kanzler gelesen, er wollte vermittelnd eingreifen. Ist doch nett, oder?

Literaturen Hat der nicht andere Sorgen?

Rinke Hab ich mich auch gefragt. Muss der sich nicht um «die Achse des Bösen» kümmern? Um den Irak? Oder um die Arbeitsämter? Aber nein, er ruft an, wenn ich gesalzene Butter suche. Also einerseits denke ich, der König ist von Sinnen, andererseits denke ich, er ist kein Ding, nicht kernlos, er kommuniziert. Und auch wenn wir Künstler die Hühner sind wie in «Romulus der Große» von Dürrenmatt. Ein König, der mit Hühnern kommuniziert, ist mir einfach sympathischer als ein bayerischer Kandidat, der in Lederhosen stur nur Hightech-Firmen abschreitet. Obwohl die deutschen Journalisten ihm jetzt wieder vorwerfen, dass er, also der amtierende Kanzler, Kontakt zu den Hühnern sucht und dies nämlich nur, um Wahlkampf zu machen. Aber was soll er denn sonst machen, er ist Bundeskanzler. Die Frage ist doch eine andere: Bestimmt er den Wahlkampf, oder bestimmt der Wahlkampf ihn? Ist er Ding, oder ist da noch irgendwas zu machen?

Literaturen Ist das auch die Sehnsucht, dass Macht, dass Politik kein blind wirkendes Fatum ist?

Rinke Ja, dass Geschichte von Menschen gemacht wird, dass sie formbar ist durch ein politisches Subjekt, das fände ich sehr beruhigend. Ich frage ja auch in den Nibelungen: Ist der Staat ein Ding, das einfach automatisch nach höchst komplexen Gesetzen abläuft, oder gibt es Möglichkeiten, wo die Figuren hätten verändernd eingreifen können?

Literaturen Die Nibelungen, Etzel und Kriemhild laufen aber in Ihrem Stück am Ende doch wie in einem blind wirkenden Fatum in den Krieg und in die Vernichtung?

Rinke Ich habe während des Bosnien-Krieges an dem Stück geschrieben und versucht, an Geschichten über Großfamilien heranzukommen, und was ich da gefunden habe, war schlimm. Familien, deren einziges Problem war, dass einige serbisch, andere muslimisch oder kroatisch waren, haben sich systematisch ausgelöscht. Und trotzdem habe ich diese Sehnsucht, dass sich da jemand wie Dietrich von Bern oder auch Giselher hinstellt und sagt: «Stopp, sind wir denn wahnsinnig?!» Ich habe mir als Honorar für die Lesung im Bundeskanzleramt eine politische Auslandsreise mit dem Kanzler gewünscht. Ich bin einfach neugierig, wie Weltpolitik ganz konkret abläuft, mit Militärkapelle und Ehrenformation bis zum Gespräch am Kaminfeuer. Letzte Woche habe ich geträumt, wie ich mit dem Kanzler durch den Nahen Osten laufe und ihm dann wie Klein Hagen ins Ohr flüstere: «So, Schröder, und nun klettern wir mal beide auf Arafats Haus und hissen die israelische Fahne und danach auf Scharons Haus die palästinensische Fahne. Und dann stellen wir den beiden ein knallhartes Ultimatum und bleiben hier so lange auf den Dächern sitzen, bis Friede ist!» Das fänd ich einen mutigen, tollen König. Und das erwarte ich auch von ihm. Er muss da, trotz historischer Berührungsängste, auf jeden Fall hin und Flagge zeigen!

Literaturen Ihre Kriemhild ist ja am Anfang auch so eine Utopistin.

Rinke Stimmt. Die verteilt Flugblätter mit ihren neuen Staatsideen. Kriemhild und Giselher wachsen in einem ähnlich statisch-behäbigen und ideenlosen Staat auf, in den meine Generation auch hineingewachsen ist. Von Gunther zu Helmut Kohl oder unseren im Mallorca-Pool planschenden Ministern ist es wirklich nicht so weit, und wenn man sich in meinem Stück die impulsive Veränderungslust von Kriemhild und Giselher anschaut, mit welcher ungeordneten Phantasie sie den Staat verändern wollen und wo sie, insbesondere Kriemhild, am Ende landen, dann gibt es da schon Parallelen in der jüngsten deutschen Geschichte.

Literaturen Sie denken an Ulrike Meinhof? Sie erwähnten Sie im Zusammenhang mit Mohammed Atta.

Rinke Ich denke an diese Unfähigkeit unserer Gesellschaft, Kräfte, die sie in Frage stellen, besser zu lenken und gegebenenfalls sogar etwas an ihnen zu begreifen. So etwas sagt man natürlich leichter, wenn es um linke Energien geht wie bei Baader/Meinhof, als um rechte Kräfte oder fundamentalistische, wie in jüngster Zeit.

Literaturen Sie schildern die Figuren allesamt viel zärtlicher, Brünhild und Kriemhild haben geradezu poetische Szenen …

Rinke Ja, tolle Frauen am Anfang, oder? Ich sah neulich David Lynchs Film «Mulholland Drive», ein Geniewerk, und da waren wirklich irre Kriemhilds und Brünhilds drin, die standen sich in einer derartigen Anziehungskraft gegenüber, und das möchte ich für mein Stück auch: Wenn man die beiden Frauen nicht auseinander dividiert hätte durch männliche Lügen, dann hätten sie den Laden geschmissen. Darum sage ich ja auch immer, die Frauen sollen die Theater übernehmen.

Literaturen Aha. Wie aber sind Sie zu Ihrem auch teils zärtlichen Hagen gekommen?

Rinke Warum soll der nicht auch zärtlich sein?

Literaturen Haben Sie gewusst, dass Hagen von Mario Adorf gespielt werden würde?

Rinke Ja, zuerst wollte ich ihn aber als Nibelungenforscher in das Stück schicken. Ein Forscher sollte er sein, der unter die Katakomben des Wormser Doms steigt und dort plötzlich die Nibelungen entdeckt, die da seit fast 1000 Jahren immer noch ihr Drama spielen. Der Forscher merkt aber sofort: Er kann kein Blut sehen, in der Theorie kam er mit den Nibelungen klar, aber in der Praxis geht es nicht mehr, und er muss nun versuchen, die Geschichte zu verändern und die Katastrophe wie in einer Art UN-Blauhelm-Einsatz abzuwenden. Da hätte ich aber nicht die Nibelungen schreiben können. Am Ende dann war für mich der Adorf als Hagen der richtige Typ, einerseits ist er der Schurke der Nation gewesen in den letzten dreißig Jahren Film; andererseits kann er wahnsinnig zart und dabei komisch sein.

Literaturen Sie sagten vor kurzem, er sei als Hagen Ihre Kapelle auf der Titanic.

Rinke Ja, ich meinte mit diesem Bild, dass ich dem gewöhnlichen Hagen-Bild sehr entgegensteuere, weil ich glaube, dass der

Hagen wirklich ein Gespür für absurde Komik hat, denken Sie daran, wie Gunther an der Fahnenstange hängt und unten Hagen steht, nicht weiß, wie er ihn runterholen soll, und ihm stattdessen einen Vortrag über die desolate Verfassung des Staates hält. Ich denke, das findet ja Hagen irgendwie selber komisch, oder?

Literaturen Fritz Langs Film hatte auf jeden Fall eine andere Konzeption …

Rinke Da haben Sie vollkommen Recht. Bei Fritz Lang tritt Hagen immer mit dunklen Kleidern auf, und die Musik ist ganz, ganz finster und böse. So etwas finde ich verkürzt gedacht. So sieht ja Politik von außen betrachtet auch gar nicht mehr aus. Wenn Herr Rumsfeld dem Bush ins Ohr flüstert, dass wir als Nächstes jetzt mal den Irak oder so niederbomben, dann spielt die Tagesschau ja auch nicht dunkle Pauken ein.

Literaturen Man stelle Denkmäler nicht auf den flachen Asphalt, sagte Langs Drehbuchautorin Thea von Harbou.

Rinke Das hieße: Ich darf mich ihnen von heute und so, wie ich fühle, nicht nähern?

Literaturen Man meinte, die Nibelungen bräuchten die Stilisierung. Man müsse sie, um sie eindringlich zu machen, über die Köpfe der Vorübergehenden erheben.

Rinke Nee, das mache ich anders. Wenn man bedenkt, über was wir hier jetzt alles gesprochen haben, dann kann ich doch gar nicht anders. Ich habe die Nibelungen auf den Asphalt gestellt. Bei allem anderen bekäme man ja eine Halsstarre.

Literaturen Herr Rinke, wir danken Ihnen für dieses Gespräch.

(Der Autor interviewte sich im Auftrag von Literaturen *selber)*

NACHWORT von Peter von Becker

DAS ENDSPIEL VON WORMS

Zu Moritz Rinkes Neudichtung der «Nibelungen»
Von Peter von Becker

Als Siegfrieds Ende an König Gunthers und Brünhilds Hof beschlossen ward, in Angst und Wut, in einem innerlichen Gemisch aus Gier und Grauen, da läuft nicht viel mehr als dieses eine Wort durch die Ritterrunde: «Töten». Wie ein Spuk, ein vager Wunsch, ein Wahn. Noch ohne Plan. Wirklichkeit werden kann der mit allen seinen Folgen dann Mord und Krieg und eine burgundisch-germanische Weltzerstörung auslösende Vorsatz erst durch ein zweites Wort: «Theater».

Um den unbesiegbaren, in Drachenblut gebadeten Recken niederzustrecken, bedarf es einer doppelten List. Allein Kriemhild kennt an Siegfrieds Körper die Stelle, auf die einst ein Lindenblatt gefallen war bei jenem Unverletzlichkeit verheißenden Bad im Blut des Lindwurms. Hagen muss Kriemhild mit vorgespielter Sorge um Siegfrieds Leben das Geheimnis dieser einzigen Blöße entlocken. Die Geschichte scheint bekannt.

Doch Moritz Rinke erfindet in seiner Neuerzählung der «Niblungen» noch eine zweite List. Nicht auf der Bärenjagd, nicht an der Waldesquelle wird Hagen hier den Speer in Siegfrieds Rücken stoßen. Es wird vor aller Augen im Hof des Burgunderschlosses in Worms geschehen. Bei einer Schlacht zum Schein. Erst kann Gunther, der Burgunderkönig, die Finte nicht verstehen. Eine Schlacht, ein neuer Krieg nach all den schon gehabten Kriegen – das sei doch viel zu teuer.

«Theater, König, Theater!», antwortet ihm da der kluge Hagen.

*

Theatre nannte 1990 der amerikanische Generalstab den Kriegsschauplatz, als es am Golf von Kuweit und Irak den ersten voll computergesteuerten Krieg der Geschichte gab. Gestorben wurde zwar noch leibhaftig, aber die Bombentreffer glichen auf den Bildschirmen eher einem virtuellen Gefecht, einem Video-Game. *Game* übrigens heißt Spiel – und meint in zweiter Bedeutung auch: das gejagte Wild.

Hagen ist hier Hamlet voraus, er hat im Kopf schon Shakespeares Devise, das Schauspiel sei die Schlinge, in die er den Drachen- und Menschentöter Siegfried bringe. Dabei hat das Schreckliche bei Rinke zugleich einen blutigen Charme und Witz. Einst hatte Siegfried aus dem «niederländischen» Xanten, der als Kriegsheld, Frauenheld und maulheldischer Angeber sein Sagenschwert wie eine Nervensäge führt, einst also hatte Siegfried das germanisch-burgundische Reich vor dem Ansturm durch die Dänen und Sachsen gerettet. Und zum Andenken an den Sieg – auch das ist Rinkes schöne Erfindung – soll es nun alljährlich «Festspiele» geben, in Worms am Rhein. Mit dieser Idee des Theaters auf dem Theater und der für die Schlacht-Opfer wahrhaft unverträglichen Leichtigkeit des Scheins spielt Rinke nun mit doppelt virtuoser Volte. Sein eigenes Drama ist ja bereits das im Stück verheißene Stück und eröffnet in der Realität des Jahres 2002 die neuen Wormser Festspiele.

Das Spiel mit dem Zauber – denn die Bühne ist der älteste Cyberspace – wird zur tragisch-ironischen Entzauberung. Siegfried hatte mit seiner legendären Tarnkappe, um dem schwachen Gunther zu einer starken Frau zu verhelfen, die nordische, amazonenähnliche Königin Brünhild überwältigt und vergewaltigt. Siegfrieds Ende ist nun das Schicksal des geblendeten Blenders. Dass der ewig Kriegslüsterne *theatre* und Theater, also Sein und Schein, verwechselt, kostet ihn das Leben. Und ist als Kunstgriff ein Gewinn für das «Nibelungen»-Theater. Denn es bedarf keines Kulissenzaubers, keiner Ikonen-Beschwörung mehr. Friedrich Hebbel musste 1861 in seinen «Nibelungen» bei Siegfrieds Tod noch den Odenwald mit hohlen Bäumen und rauschender Quelle zitieren; Richard Wagner überhöhte Siegfrieds Tod 1876 mit einem nur noch musikalisch zu entzündenden Weltenbrand zur Götterdämmerung;

und Fritz Lang holte 1922 für den ersten Teil seines «Nibelungen»-Films einen Märchenwald à la Shakespeare und Max Reinhardt in die Ufa-Studios: mit einem Siegfried, der einer Mischung aus teutonischem Tarzan und blondem Prinz Eisenherz glich, ein Übermensch und zugleich Heldenzwerg im Gepränge der monumentalen Filmkulisse.

Das war ja die Hürde und Bürde für Moritz Rinkes Unterfangen, uns heute die Geschichte der Nibelungen noch einmal neu zu erzählen. Kein anderer Stoff, ausgenommen der «Faust», ist in der deutschen Kulturhistorie ähnlich hoch befrachtet. Uns erscheint das über zweitausend Strophen und 39 «Aventiuren» umfassende «Nibelungen-Lied» als Mythos von Liebe, Krieg, Intrige aus dem 12. Jahrhundert wie das (kleinere) Pendant etwa zum indischen Menschen-Götter-Weltkriegs-Epos des «Mahabarata» oder zur homerischen «Ilias». Hinzu kommt, im Schatten eines deutschtümelnden Kults um Siegfried und die fanatisch-märtyrerhafte Nibelungentreue, die Okkupation des Mythos und die Instrumentalisierung Wagners durch die Nationalsozialisten.

Rinke hat sich von dieser pathetischen Last ganz frei gemacht, und ihm ist damit jenes Leichte gelungen, das laut Brecht so schwer zu machen ist. Schon Hebbel notierte vor 150 Jahren bei der Arbeit an seinem dreiteiligen «Nibelungen»-Drama, die ins Mythische und damit Überzeitliche und Unpsychologische entrückten Figuren müssten als gleichsam «taubstumme Gestalten» erst mal «menschliche Eingeweide» kriegen. Anders als Hebbel aber spielt der heutige Dramatiker auch mit den Abgründen der Wirkungsgeschichte des Mythos und hat dabei das Echo von Wagner bis Hitler, vom expressionistischen Film bis zum postmodernen Boom mittelalterlicher Fantasy-Figuren im Kopf. Siegfried, Hagen, Gunther, Giselher und die hohen, wilden, bösen Damen Brünhild und Kriemhild: das sind auch Pop-Helden.

Moritz Rinke aber macht die Nibelungen nicht klein. Aus ominösen Übermenschen werden hier nicht auf einmal politisch korrekte Schrumpfgermanen. Doch Rinke beendet jegliche Dämonisierung. Heiner Müller schickte die Nibelungen in einer schwarzen Farce inmitten seiner Revue «Germania Tod in Berlin« (1956/71) noch in den Kessel von Stalingrad. Kriemhilds Rache ist ja am Ende in König Etzels (alias Attilas) Hunnenhalle auch eine Kesselschlacht. Und wer sich eines fatalen Eids wegen für Hitler opferte, litt in der Tat an einer Abart von «Nibelungentreue». Doch hat diese Lesart unter halbwegs aufgeklärten Zeitgenossen heute nicht viel mehr für sich als das Einrennen längst geöffneter Türen. Es geht Rinkes «Nibelungen» auch nicht mehr um den spezifisch «deutschen Furor», den Volker Braun zuletzt mit seiner freien Nach- und Umdichtung der Sage beschwor, indem er Trümmerfrauen, MG-Lärm oder Antikriegssentenzen mit einbezog. Rinke hingegen ist jetzt der ursprünglichen Geschichte in ihren wesentlichen Motiven gefolgt und hat ihr nicht den Mantel der Kritik oder trivialmytischen Karikatur von außen übergeworfen. Er hat die Fabel eher von innen aufgebrochen und neu entdeckt: mit einem Gestus der *tragischen Ironie.* In Sprache und Dramaturgie schafft Rinke immer wieder einen spannenden, manchmal poetisch oszillierenden, manchmal von lakonischem Witz geprägten Schwebezustand zwischen Mittelalter und Neuzeit, zwischen Vormoderne und Postmoderne, so als spielte die Geschichte gestern morgen.

Ein Beispiel dieser Methode der leichten, doch darum nicht leichtsinnigen Hand: Um ans Nazigebräu im kollektiven Unterbewusstsein zu erinnern, bedarf es keiner braunen Soße aus Blut und doppeltem Boden – es reicht hier schon die beiläufige Erwähnung zweier Weine, die zur Feier serviert werden, Burgunder der Jahrgänge 33 und 45. Weniger Weingeist steckt allerdings in Siegfried, dessen Name schon ein Widerspruch in sich ist. Er möchte nach Brünhilds gewaltsamer Defloration mit Hagen lieber «ein Bier trinken». Hagen wiederum ist bei Rinke ganz frisch zu entdecken: weniger Finsterling, als es die Legende der Legende wissen will, eher ein intelligenter, loyaler Mann der burgundischen Staatsräson; keiner, der dauernd «was im Schilde führt», sondern ein Nachdenker, ein «Innenrechner», wie er sagt. Er ist Gunthers Schily, ein Held der inneren Sicherheit. Auf den Tod Siegfrieds, der durch seine unkontrollierte Gewalt und die Mitwisserschaft an Gunthers Geheimnis (wie Brünhild erobert wurde) ein Risiko darstellt, sinnt Hagen zwar längst. Aber erst Kriemhild, die bei Rinke Siegfrieds Lindenblattblöße weniger naiv verrät als in der Urdichtung, erst Kriemhild bringt Hagen aus sonderbar eigenem Antrieb ans Ziel. Diese Frau träumt die Utopie einer neuen Welt und zugleich den alten Märchentraum vom Geliebten, der als goldener Falke von zwei dunklen Adlern zerrissen wird. Diese Ahnung muss sich in der Tragödie erfüllen. Aber das Pathos der objektiven Fatalität verspinnt Rinke mit einer subjektiven Todessehnsucht und zugleich rationaler, wenngleich nie ausgesprochener Vergeltungslust. Kriemhilds Rache gilt nun nicht allein der Konkurrenzkönigin Brünhild, sie trifft vor allem späteren Vernichtungsrausch auch den einst untreuen Siegfried. So tötet Kriemhilds Liebe die Liebe, zerbricht am Übermaß das Maß. Bastarde und Zwitter, Vergangene, Heutige und Zukünftige, Kinder und Könige, Narren und Weise sind Moritz Rinkes Nibelungen, die den Kalauer und die Komödie nicht scheuen: wo die Ritter ihre Groupies haben, die Staatsmänner ihre Image-Probleme – und wo die «Sachsen» beispielsweise die Verbündeten der «Russen» sind und im jetzigen Damals schon wieder als «Kommunisten» gelten. Wo, apropos Kinder, die noch Ungeborenen uns in die Nachwehen der Frühgeschichte einführen und Rinke den Kern der alten Fabel zugleich schält und bewahrt, als reise er gleichsam in die Innenwelt der Außenwelt der Innenwelt unserer eigenen, märchenhaften Erinnerung.

Das alles geschieht mit einer sanften Härte, und immer dann, wenn es zur Entscheidung kommt, auch mit einer verblüffenden Beschleunigung. Nie gibt's ein langes Gemetzel. Diese «Nibelungen» sind eine *comédie humaine*, aber zeigen den Sinn für die Lakonie und Wucht der Tragödie. Krieg und Katastrophe, Tod und Mord fahren wie Blitzschläge auf die Figuren nieder, die eben noch meinen, selbst Herr des Geschehens zu sein. Man kann das als Dramatiker bei Shakespeare lernen, dort auch die selbstzerstörerische Lust der Sieger und Könige am eigenen Sturz erfahren, von «Titus Andronicus» bis zum «Lear».

Hier verglüht so eine Männerwelt. Überleben in ihrer Asche werden die entmannten, entmutterten, um ihre Liebe und Lieben gebrachten Frauen. Nicht nur als Opfer. Auch als Täterinnen. Das ist ein großes, neues Ende vom Lied: als Brünhild und Kriemhild nach dieser Nibelungen-Dämmerung als letzte Feindinnen, letzte Freundinnen stumm zu Boden gehen. «So sitzen die Frauen da.»

Uns wurde in alten Mären von Wundern viel erzählt. Nun aber könnte ein anderes Wunder, eine andere Welt und ein neues Endspiel beginnen. Denn dieses Finale eröffnet, ohne dass ein Wort noch fällt, so etwas wie Beckett'schen Geschichtsoptimismus. Scheitern, sagte der Endspielmeister, immer besser scheitern.

Peter von Becker